サクラランン

佐藤 佳志子

ラグーナ出版

サクラランン

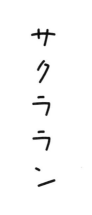

装画　佐藤佳志子
装丁　栫 陽子

屋久島へ

　いくつもの離島へ飛行機が発着している鹿児島空港の出発ロビーは、地方の空港ながら広くて賑やかな雰囲気がある。それでいて、ゆったりとした音楽が流れ、南国らしいピンクの花模様の絨毯が敷かれているせいか、どこかのどかで、リラックスした気分にさせてくれる。

　私は、出発ロビーの一番端っこの待合ブースで、屋久島行きの搭乗を待っているところだ。出発ロビーの行き止まりは、腰掛けられるくらいの高さの畳スペースになっており、人の往来もないので、私にとっては落ち着く空間だ。自動販売機で水を買って、一気に半分ほど飲む。あ〜、おいしい。乾ききった喉から胃までの道が広がるのがよくわかる。

　今日、私は東京のマンションを出て、地下鉄や電車を乗り継ぎ、羽田空港から鹿児島空港に飛んだ。ここまできてようやく、「しばらくは、あの喧騒の中にいなくていいのだ」と感じ、ひとごこちつくことができた。サンダルを脱いで、畳の上に足を伸ばすと、ふっと過去の記憶が蘇ってくる。

　今は、中学三年生の夏休みが始まったばかりだが、もう一年ほど学校へ行っていない。だけど、最後に登校した日のことは今でもよく覚えている。何人かの生徒の足音（うちの学校は上靴ではなくスリッパを使用しているため、足音がパタパタと聞こえる）で、ビクッとして後ろを振り向くと、一人の男子生徒の身体が、私に向かって覆いかぶさるように上から降ってきた。黒い制服で目の前が見えなくなったのと、いきなり頭に受けた物理的衝撃で、私は一瞬何が起きたのかわからなかった。私が廊下にしゃがみ込むと同時に、数人の男子の笑い声が耳に飛び込んできた。

「何やってんだよ」

「だっせー」

「どこで転んでんだよ」

「あ〜あ、女の子つぶしちゃって〜」

いくつもの声が重なり合って聞こえてきた。次の瞬間、もう嫌！限界！と心の中で叫ぶ。そして、なぜだか涙が出てきた。その時、男の子たちがどんな顔をしていたか、見ていないからわからないが、私に突進してかぶさってきた子は「あ〜、大丈夫？　ケガしなかった？　どこか痛いの？　ほんとごめんね」と何度も謝っている。

私は、頭が真っ白になり、その場から逃げた。とにかくそこを早く離れたかった。その後の男の子たちの反応を見たくなかったし、すべてなかったことにしたかった。今だって、自分の記憶も、あの男の子たちの記憶も消せるものなら消したい。

人との距離感がうまくつかめない私は、廊下を歩くとき常に不安だ。実際は遠く離れている人でも、私にはその人が急に大きく見えて、ぶつかるように感じてしまう。だから、相手の進むルートをよんで、早くから脇によけるようになった。ところが、廊下の角を曲がって急に現れる人もいるので、そんなときはびっくりしすぎてほんとうにどうしていいかわからなくなる。相手から見れば、かなり挙動不審に見えるだろう。しかし、私の動揺をよそに、相手の人は私を避けて、じょうずに歩いて行ってしまう。みんなどうしてあんなことが平気でできるのだろう。

もうひとつ、学校でつらいのは「音」だ。音も私を容赦なく攻撃してくる。学校には、音のない場所はない。どこへ行っても、音と人の声に満ちている。授業中、机をガタガタいわせる男の子もいるし、コソコソ話をする女の子たちもいる。教室を出たとしても、隣のクラスの先生の大きな声が私を刺してくる。さらに、チャイムも放送も、これでもかというように、私の世界に急に飛び込んでくるのだ。まるで、学校には音のない時間と空間があってはならないという隠れたルールでもあるかのように、必死で隙間を埋めている。私にはそう感じられてならない。常にイライラしているせいか、耳元で大声を出されたりすると、どうしても攻撃されているという被害妄想が湧いてくる。要するに、学校という所は、私にとっては非常に生きづらい場所だ。あの時がほんとうに限界だったと今でも思う。

そんなことを思い出していると、アナウンスの声が聞こえてきた。

「屋久島行き五三四便にご搭乗のお客様がたに、ご案内を致します」

これは必要な放送だ。聞き逃しは許されない。私は、耳触りのいいアナウンスの声に耳を傾けた。

屋久島行きの飛行機は、小さなプロペラ機だ。私が赤ちゃんのころ、屋久島空港で、パパに抱かれて飛行機を背に写っている写真がある。パパに聞いたところによると、その時が、YS―11という日本製プロペラ機の最後のフライトだったそうだ。今は、カナダ製のものに変わっている。プロペラ機と聞くと、ジェット機に比べて、命を預けるには少し頼りなく感じるが、なんと事故率はプロペラ機のほうが低いそうなのだ。

案内にしたがって、出発ゲートを通り、階段を降りていくと、バスが待っていた。飛行機のタラップの近くまで、バスは滑走路を移動した。羽田空港からジェット機でここまでやってきた記憶が新しいせいか、なんだかタラップがおもちゃのように感じる。遠近感の乏しい私にとって階段の昇降は、ただでさえ厳しいのに、こんなはしごみたいな階段は、ほんとうに怖い。マジで壊れたりしないよね?と、ドキドキしながらのぼって行った。飛行機の入り口で、花のような顔をしたCAさんが出迎えてくれる。そして、張り出した荷物置きで頭を打たないように、そこに手を添えていてくれた。

実は、私は初対面の人の顔を認識できない。「相貌失認」というものに近いかもしれない。最初に会った時にまったく印象が残らなかった人の場合は、二回目以降会っても思い出せない。しかし、中には、最初に会った時に独特の印象が残っていて、その印象で覚えていられる人もいる。そして何回か会っているうちに、顔の造形としての認識が定着してきて、最初の印象は薄れていくといった感じだ。そんな私は、乾いた砂の感触とか、焼きたてのパンの匂いなど、感覚的なもの、あるいは、さっきのCAさんのように花とか、ガラス窓を伝わる雨みたいに、視覚的な映像として人の印象を記憶していた。

飛行機は、あっという間に上空へと飛び立ち、眼下には白い小さな船を浮かべた海が広がっている。シートベルトのサインが消えてしばらくすると、花の顔のCAさんが近づいてきた。そして、籐のバスケットに入ったアメを私の胸のあたりにそっと差し出す。ＣＡさんは、きっと微笑んでいるのだろう。花がほころんでいる。でも失礼だとは思うが、よくできた高級な造花といった印象だ。私は、たくさんのアメの中から、無造作に一つだけ選び、口に入れた。

ふと、学校で出会ったスクールカウンセラーの先生のことを思い出した。学校に行けなくなる少し前、担任の先生のすすめで、一度だけカウンセリングを受けたのだ。

「初めまして。葉山杏《はやまあん》さんね。私は鈴木といいます。よろしくね」

四十代くらいの雰囲気の女性が、手を膝の上で揃え、ソファーに姿勢よく座っている。顔を見ると、黄色いフリージアが無邪気に揺れているようだった。

「よろしくお願いします……」担任の先生に勧められるまま、ここまできてしまったけど何を話せばいいかまったくわからない。こなければよかった。私は入ってきたドアのほうを見た。

そんな私の不安が伝わったのか、フリージア先生は言った。

「学校って、私、なにかちょっと緊張するのよね。私、子どものころ、大きな建物に入っていくのが怖くて、時々泣きながら学校行ってたの。今でも、学校に入るときは少しドキドキするのよ」

え？　建物に入るのが怖いって、そんなこと感じてもいいの？　大人になっても、そういうこと言ってもいいの？　みんなが自然にやっていて、できて当たり前のことをできないって言ってもわがままじゃないの？　私は、学校で仕事をしている人でさえ、そういうことを感じるのだと聞いて、とても意外に感じた。

「この時間は杏さんの時間だから、どんなことでも話していいのよ。感じたらいけないことや、思ってはいけないことはなに一つないから、安心して」

フリージアの花が優しく揺れた。

気づくと、自分でもびっくりするくらいしゃべっていた。「学校がうるさくてイライラする。廊下を歩くときはいつも不安。教室にいると変な圧迫感があって、息苦しくなる。人の目が気になるし、私も人の目が見れない。周囲に合わせるために、いつも話題を考えたり、言葉を選んだりしているけど、正解がわからなくて不安になる。後から、あの対応で良かったのかとあれこれ考えて、でも結局わからなくて。自分ってダメだなあって思って、負のスパイラルに陥ってしまう」

こんなことを立て板に水を流すように一気に吐き出した。フリージア先生は、時々「そう」とか「それはしんどいね」と言うくらいで、静かに聴いてくれていた。

フリージア先生とのカウンセリングの中で、初めて耳にし、腑に落ちたのは「感覚過敏」という言葉だった。聴覚、視覚、嗅覚、味覚、触覚、人間の五感といわれる五つの感覚に、なんらかの偏りがあるということなんだそうだ。敏感だったり、鈍感だったり、アンバランスに出てくるらしい。聞いてみてなるほどと思ったことがいくつもあった。私は、大きな音が苦手だったり、地獄耳といわれるほどひそひそ話の内容もよく聞き取れたりするのだが、自分のことを集中してやっているときに声をかけられてもまったく耳に入ってこない。そのために、無視していると誤解されたこともある。また、廊下や階段を歩くのは苦手だし、人の顔も覚えられないが、狭い範囲を見るのは大丈夫で、絵を描いたり、パソコンを操作したりといったことはけっこう得意なほうだと思う。他にもいろいろ気づいたことがあった。

「感覚が敏感だったり、繊細だったりすると、騒がしいところとか、人や物に溢れていて情報量の多い環境は苦しいかもしれないわね。杏さん、今までよく頑張ってきたと思う」

フリージア先生の言葉には説得力があった。でも、私は自分が頑張ってきたのかどうかは正直よくわからない。確かに苦しかったし、今も苦しいが、みんな同じようなものだと思っていた。みんなは、その苦しさを精神的な強さで乗り越えていると思っていたから。

カウンセリングが終わると、フリージア先生は「特別支援学級」という教室に私を連れていってくれた。

「ここは、人数が少ない分、教室より静かかよ」

その学級の扉には、貼り紙があり、おそらく生徒が書いたであろうと思われる字で「興味のある方、大歓迎！　リスペクトを持って入室して下さい」と書かれていた。教室に入ると、カーテンで囲まれた空間や、畳敷きのスペースがあった。教室の壁を利用して、衝立や棚で仕切りを設け、いくつかのコーナーが作られている。狭いスペースがあることで、目の置き場が定まり、だだっ広い普通の教室よりも、私には楽だ。教室内には三人の生徒がいて、思い思いのことをしていた。一人の女の子は、衝立で仕切られたコーナーで、切り絵をしている。一人の男の子は、先生と、漢字の成り立ちについての話をしながら、ノートに字を書いていた。もう一人の男の子は、黙々とペーパーカッターで紙を切っている。まるで背中に物差しでも入れているかのような真っ直ぐな姿勢と、眉の上で横一直線に切り揃えられた前髪に見覚えがあった。おそらく同級生だろう。私は興味をひかれ、フリージア先生に尋ねた。

「あの子は何をしてるんですか？」

「この学級は、あすなろ学級っていうんだけど、あの子は、あすなろ通貨を作ってるのよ。この学級内だけで使えるお金なの。月に一回給料日があって、彼が支給してくれるのよ。そのお金で、他の人たちが作った物が買えるし、労働を売ることもできる。銀行があって、お金を預ければ利子もつくの。彼がこの学級の経済を動かしているのよ」

フリージア先生の語る言葉には、その男の子へのリスペクトがこもっているように感じられる。そして、物品の売買のコーナーに連れていってくれたが、そこにはこの学級の生徒たちが売りたいものがディスプレイしてあった。貝細工、イラスト、プラバンのキーホルダー、布製品、さっきの女の子が製作したのであろう切り絵など。中には、「宿題サポートします。料金一〇〇円」と書かれたカードもある。私が感心して眺めていると、ペーパーカッターでお札を作っていた男の子が近づいてきておもむろにこう言った。

「銀行口座の開設には、特にお金はかからないけど、給料日はかなり先だから、お金が必要なら、労働や物を売って稼ぐしかないよ」

私が面食らって、何と答えたらいいかわからず戸惑っていると、さっき別の男の子と漢字の成り立ちについて話していた先生が笑いながらやってきて、

「銀行にはお金があるから貸し付けもしてるよ」

と追い打ちをかけられた。

後でフリージア先生に聞いた話によると、お札作りの男の子は、数学が得意すぎて、通常クラスでは他の生徒とペースが合わず退屈するので、あすなろ学級で自分の学習を進めているのだそうだ。あすなろ学級の生徒たちのほとんどが、通常の学級では刺激が多すぎて、集中できなかったり、先生の言っていることが聞き取れなかったりして、学習が遅れてしまうため、静かな環境で学習に取り組んでいるということだった。この学校に、特別支援学級という教室があることは以前から知っていたが、その中身についてはまったく知らなかった。少し勉強の苦手な生徒が利用する学級だろうぐらいの認識しかなかった。しかし、この日私の特別支援学級に対するイメージは大きく変わったのだ。

さっきのCAさんが、今度は食べてしまったアメの包み紙を集めにきた。綺麗な笑顔。造花でも、ブリザーブドフラワーでも美しいものは美しい。私には一生、花がほころぶような美しい笑顔はできないだろうな。そう思うと少し寂しい気分になった。

屋久島までのフライトは一時間もかからない。CAさんの花つながりで、フリージア先生のことを思い出しているうちに、飛行機は着陸準備に入ったようだ。飛行機は徐々に高度を下げていき、屋久島空港に着陸した。電話で連絡しておいたから、おそらく、あーちゃんが迎えにきてくれているはずだ。あーちゃんは、ママの母親で、私の祖母になる。私が小さい頃、「ばーちゃん」がうまく言えなくて「あーちゃん」と言っていたことから、今でもずっと「あーちゃん」なのだ。

きた時と同じはしごのようなタラップをおっかなびっくり降りていくと、東京とは違う熱い空気が身体の表面を圧すようにまとわりついてきた。「わ〜、懐かしい！　これ、これ！　これぞ、屋久島の夏だ〜！」。島の夏の感覚が蘇ってきて、屋久島にやってきたという実感が湧いてくる。歩いて空港の建物の中に入ると、これまた熱い人が満面の笑みを浮かべて手を振っていた。あーちゃんだ。

あーちゃん

「杏ちゃん、よう来たね〜。待ってたよ。あら〜、大きいねぇ。あーちゃんより背の高くなって〜。何歳になったんかね〜？　もう、歳もわからんよ。あーちゃんも、きれいな花のような名前の病気になったんかもねぇ。ハハハ！　今のは冗談じゃけんど。学校には行っとらん（行ってない）て聞いたよ。まあいいわ。気が済むまで島にいたらいいがよ」

さすがあーちゃん。歯に衣着せぬというより、むき出しの歯で噛みつかれたような刺さる言葉。でも、あーちゃんに言われると、あまり嫌な気がしないのが不思議なんだよなあ。

「あーちゃん、久しぶり！　十四歳だよ。きれいな花のような病気って、『ボケ』って言いたいんでしょ。あーちゃんならその上に『天然』がつきそうだね。その通り！　学校行ってない。遠慮なくいさせてもらいます。あーちゃん、どうぞよろしくお願いします！」

私はあーちゃんの言葉に順序良く答え、ツッコミも入れてあげる。あーちゃんは、私が唯一明るく、しかも自然体でいられる人だ。

「アッハッハッハ！」

あーちゃんは豪快に笑い、私をぎゅっと抱きしめた。その瞬間、懐かしいあーちゃんの匂いに包まれて、胸の奥のなにかが溶け出し、鼻の奥につーんと熱いものがこみ上げてきた。自分でも目が潤んでいるのがわかる。でも、何とか涙は出さないで済んだ。

あーちゃんの名前は、福富幸恵《ふくとみさちえ》。七十歳。その名の通り、幸福そのものって感じの人。あーちゃんとは小学六年生まで、一年に二回は会っていた。夏休みと冬休みには必ず屋久島を訪れ、ママと、たまにはパパも一緒にあーちゃんちで過ごしていたから。あーちゃんの家にくると、なぜかよく眠れたし、苦手だった食べ物も少しずつ平気になってきた。身体が元気になってきて、いわゆる「活発な人」みたいになっていく気がする。私は、声の大きな人は苦手なんだけど、あーちゃんの大きな声だけは大丈夫。お互いに、「あーちゃん」「あんちゃん」と呼び合っていて、人から見ると少し変かもしれないけど、当人たちはいたって平気。

あーちゃんは、軽トラックを運転している。クーラーも壊れているし、乗り心地も悪いけれど、あーちゃんのおしゃべりと南国の風に、私は大きな開放感を感じていた。ギラギラと照りつける太陽に、常緑樹の緑は濃度を増し、山は青い空を背景にくっきりと浮かび上がっている。一年中見られるハイビスカスも、やはり夏が一番生き生きと咲いている。濃い緑の葉と、真っ赤な花のコントラストが目に眩しい。私が、外ばかり眺めていると、あーちゃんが話しかけてくる。

「杏ちゃんが中学に入って島にこんかったから、あーちゃん寂しくておしっこちびったがよ」

「え？　なにそれ？　涙が出た、じゃないの？」

「あーちゃん、嬉しいときは涙が出るけど、寂しいときとか悲しいときにはおしっこちびるんよ」

「どういう体質？」

私は、冗談とも本気ともつかないあーちゃんの言葉に笑いながら答えた。

軽トラはカーブの多い県道を走っていく。右側に海が見え隠れしている。道端の草が勢いよく伸びて、白いガードレールからはみ出していた。

「あーちゃん、草がすごく伸びてるね」

「自然のほうが人間より元気ってことだよ。そのうち、あーちゃんも草に征服されるよ」

あーちゃんにしては、いつになくネガティブな言葉。私が三年もこなかったから、やっぱり寂しかったんだ。

「あーちゃん、長くこなくてゴメンね。私もいろいろあってさ、大変だったんだ～」

実際そうだった。中学に入ってからの長期休みは、塾の講習が詰まっていて、どこにも行けなかったし、不登校になってしまってからは、学校にも行けていない自分が、別の場所に行くことは悪いことだと思い、自分で禁じていた。

それにしても、ホントに不思議だ。あーちゃんになら、こんな言葉もすらすら出てくる。人に素直に謝るのは苦手なのに。

「ほんとだよ～。三年も見らんと、別人格だがね～」

「あーちゃん、それを言うなら別人でしょ」

「あ〜、ちょっと多かったかね？」

「多い少ないの問題？」

こんな会話を続けていたら、右側の景色が開けてきて、見渡すところすべて海になった。なんてきれいなんだろう。遠浅の海は、青とエメラルドグリーンのグラデーションがかかり、所々に立つ白波は太陽の光にキラキラと輝いていた。三年もここにこないでいられたなんて信じられない。お腹の下のほうからジーンと熱いものがこみ上げてくる。私は、これからのあーちゃんとの島暮らしを思ってワクワクした。

「今日はベタ凪《なぎ》だね」

と、あーちゃんが言った。砂浜に添うように走って、車はあーちゃんの住む集落に入っていった。あ〜、漁港の魚の匂い。私は嗅覚も敏感なのかもしれない。あーちゃんはこんなところまで魚の匂いなんかしないと言うけれど、私は漁港が見えた時点で感じていた。

あーちゃんは、ガジュマルの木の下に軽トラを停めた。ガジュマルに囲まれたこの場所は小さな公園のようになっており、所々に木で作ったベンチが置いてある。ガジュマルの木は、二十メートルくらいになるらしい。この公園の木は十メートルそこそこだが、幹の上のほうから気根が地面に向かって伸びており、気根なのか幹なのかわからなくなっている。もはや木というよりも、巨大な建造物を思わせる。生い茂った葉は、木と木をつなぎ、大きな屋根のようだ。気根の囲いの中にいれば、少々の雨はなんてことない。あーちゃんちにくると、私は必ずその日のうちに一番好きなガジュマルの木に登った。そして、太い幹と、天井のような樹冠に守られた空間で、この上ない安心を得ていたのだ。

ガジュマルの木を眺めている私をおいて、あーちゃんは公園を横切ってスタスタと家のほうへ歩き出していた。おいて行かれたとしても、あーちゃんの家は小さな路地を入ってすぐだから迷ったりしない。島の集落は小さな家がひしめき合うように軒を連ね、道幅も狭いので車が通れないところもある。小学校の低学年まではこの狭く入り組んだ道で、地域の子どもたちとよく「ケイドロ」をした。とはいっても、私は街っ子で、このあたりをよく知らないという理由で、近所の年上のお兄ちゃんが一緒に連れて逃げ隠れしてくれていたように思う。私は一人っ子だし、東京では、年上の人たちと遊ぶようなことはなかったから、こういうのがお姉ちゃんやお兄ちゃんのいる感覚なのかと思って、とても楽しかった記憶がある。ガジュマル公園といい、狭い路地といい、子どもたちにとっては、格好の遊び場だ。

路地を入ると、隣の家の生垣から、紫色のブーゲンビリアが道に枝を伸ばしていた。あーちゃんのお友達、花江さんの家だ。私は、枝をそっと手でよけて通った。自然の存在感が強くて、人間が遠慮する感じだ。あーちゃんの言う通り、そのうち自然に征服されるかも。

「ただいま〜!」

開け放たれた玄関から、私は大きな声をかけて中に入った。ああ、ここも懐かしい匂いがする。玄関からはすぐ畳の部屋になっており、障子で仕切られている。あーちゃんが入った後なので障子も開いていた。玄関と畳の部屋の段差はけっこう高いので、踏み台が置いてある。あーちゃんの家の間取りは、田んぼの田の字のように四つの部屋が襖で仕切られただけの単純な作りだ。この集落には、この形の家が多い。私は、入ってすぐの部屋の右側の襖を開けた。そこは仏間になっていて、正面右側に仏壇があり、鴨居の上にじいちゃんの写真が飾ってある。仏壇の前に座ると線香に火をつけた。私は、お線香の香りが好きだ。じいちゃんに見守られているような気がしてくる。

「じいちゃん、ならびにご先祖様、しばらくお世話になります」

私は、手を合わせ、目を閉じてつぶやいた。

「杏ちゃ〜ん、こっちこんね〜」

あーちゃんの声がした。声は、玄関から上がった部屋のすぐ奥の部屋から聞こえた。私は、元の部屋に戻り、もう一つの襖を開ける。そこは私たちが帰省した時にみんなでご飯を食べていた部屋だ。いつもは、あーちゃんが一人で、テレビを見ながらくつろぐリビングといった感じかな。あーちゃんは、自分が畑で作ったというスイカを切って、ちゃぶ台に並べてくれていた。ここに来られただけで胸がいっぱいで、スイカなんかどうでもよかったが、一口食べてみると、「あっ」。スイカは驚くほど瑞々しくて甘く、私の乾いた喉と心を潤していくようだった。私はむさぼるようにスイカを食べた。

「あ〜美味しかった！」

食べ終わると私はゴロンと横になった。

学校へ行っていない後ろめたさが、黒い雲のようにまとわりついていたが、スイカの瑞々しさでそれは彼方へと押しやられ、小さく消えていく。私はまた、あーちゃんちで元気になることができるかもしれない……。そんな予感に身をまかせ、私は心地よい眠りに落ちていった。

はっと目を覚ますと、もう夕方だった。時計を見ると午後六時。夏の六時はまだ明るい。私は外に出ると、さっきのガジュマル公園に行った。いつも登っていた大好きな木に登ろうと思ったのだ。このガジュマルは形がいびつで手や足をかける場所がいくつもあり、とても登りやすい。でも、最後の一歩は足を大きく開いて、ぐっと足に力を入れないと上がれないのだ。そうやって上がった先は、私のヒーリングスペースだ。私は、昔していたように幹をつかみ、大きく足を開きエイっと右足に力を入れた。ところが、えっ！　身体が持ち上がらない。どういうこと？　もう一度！　しかし、何度やっても結果は同じだった。だんだん疲れてきて、私はとりあえず今日はあきらめることにして、家に戻った。あーちゃんに、いつもの木にもうちょっとというところで登れなかったと話すと、

「杏ちゃんも、もうお年頃ちゅうことやね～。股開いて木に登るのは卒業したほうがええのと違う？」

と、笑われ、私はむっとした。

「あーちゃん、お言葉ですけどね、あそこは私の癒しの場、ヒーリングスペースなんだからね。そうやすやすとは、あきらめられないのよ！」

「ヒリヒリグスグスって何のことかね？」

「はあ～？」

あーちゃんってホントに面白い。あーちゃんと話していたら、木に登れなくて落ち込んだ気分が少し治ってきた。ちゃぶ台の上には、すでに料理が並んでいる。潮汁に、サバの刺身、石蕗《つわ》と油揚げの炒め物、そして私の大好きな「サバらっきょ」！

あーちゃんの作るものは、なぜか私の口に合うものばかりだ。かなりの偏食で食べられるものが少なく、給食の時間は拷問を受けているに等しかった私が、なぜかあーちゃんの作る料理は「おいしい」と感じる。その中でも特に好きな物が「サバらっきょ」だ。「サバらっきょ」は、サバの燻製を大きくささがきにしたものと、塩漬けらっきょを和えた物で、南九州特有の甘い醤油をかけて食べる。

給食で出るような、いわゆる「普通」のメニューが苦手な私が、らっきょを好むのが信じられないと、ママに言われたことがある。言われてみればその通りだ。私は独特の味とか香りのするものが好きらしい。これも味覚過敏といわれるものなのかも。

「あーちゃん、やっぱりサバらっきょは神の料理だね！」

私は、あーちゃんの作ってくれた夕飯を食べながらそう言った。

「それに、このサバの刺身もヤバうまだね。あーちゃんって、ホントに魚をさばくの上手だよね」

「そうかい。じゃあ、リスをペットにしてもいいくらいってことだね」

あーちゃんは答えた。

「リスをペットにする？　あーちゃん、それなに？」

「尊敬してるってことだよ。知らんのかい？　リスペット」

あーちゃんはどや顔で言い放った。私は思わず吹き出しそうになり、危うくサバらっきょをちゃぶ台にぶちまけるところだった。

「リスペクトね。リスペクト！　あーちゃん」

「そうだよ、リスペットだよ」

あーちゃんの口から、リスペクト（実際にはリスペットだけど）なんていう英単語が出るということは、たとえば、三歳児がお茶をすすって「ほっとするね～」と言っているくらいのミスマッチ感があり、久しぶりに声をあげて笑ってしまった。私たちは、たくさん食べて、屋久島の海の幸、山の幸への賛辞を語り合った。

花江さん

「さっちゃん、こんばんは～」

玄関から声がして、あーちゃんが出ていくと、お隣の花江さんだった。花江さんは、あーちゃんが玄関に着く前にもう家に上がってきている。花江さんは、甲高い声と一緒に居間に入ってきた。

「杏ちゃんに会える思うて、きてみたんよ。杏ちゃん、お久しぶり！　ま～、べっぴんさんになりはって～！　さっちゃん、私らが年取るはずやね」

「こんばんは、花江さん。ご無沙汰しています」

私は、座ったまま、ぺこりと頭を下げた。花江さんのことは小さい頃からよく知っているので、緊張はしない。

「花ちゃんはいつまでも若いがよ〜。その髪の色、きれいやね〜。よく似合ってる」

「わ〜、嬉しい！　今日、町まで行って染めてきたんよ」

大阪弁でしゃべる花江さんは声も高ければテンションも高い。すごくおしゃれで、髪には紫のハイライトを入れている。歳はあーちゃんより少し上だと思うが、気持ちが若いので、二人の会話は中学生同士のおしゃべりに聞こえてくる。

「花ちゃん、ご飯食べてって〜」

「そのつもりできてる〜」

あーちゃんは、いそいそと台所へ立って行った。

あーちゃんと花江さんは、三十年来の友人で、花江さんは、あーちゃんの先生でもある。なんの先生かって？　それは、あーちゃんの家の中を見ればわかる。刺し子やパッチワークのタペストリーが、玄関、壁やドア、トイレにまで、所せましと飾られている。それらは花江さんの指導のもとに作られたものだ。花江さんは、大阪の人で、二十代のころ、屋久島出身のご主人と大阪で出会い結婚したそうだ。三十年前に、ご主人の実家であるこの島に帰ってきたが、ご主人に先立たれてしまったとのこと。その後の身の振り方について迷いながらも、大阪で身に付けた手芸の技術を人に教えているうちに、どんどん生徒さんが増えて、島に残る道を選んだと聞いた。

花江さんが、小声で私にそっと訊いた。

「さっちゃん、ずいぶん寂しかったんちゃうかな〜。おしっこもらしたとか、言うてへんかった？」

「あ〜、そんなこと、言ってました」私は車の中での会話を思い出した。

「やっぱしね。杏ちゃんが寂しい思いしてるんちゃうかって思うと、自分も寂しゅうなる言うてはったんよ〜」

ああ、そうだったのか。あーちゃんは、自分が寂しいというより、私の気持ちを想像して寂しくなっていたんだ。会えなかった三年の間も、おしっこちびるくらい心配してくれてたんだ……。私は身体の奥のほうにぽっと火が灯ったような暖かさを感じた。

あーちゃんが、焼酎とカメノテを持ってきた。花江さんと飲むつもりらしい。カメノテというのは、岩場に張り付いている甲殻類の一種だ。その形状がまるで亀の手のように見えることからその名がついたと思われる。

「ああら、カメノテ！　嬉しいわあ。ここにきたころ、ご近所さんにいただいて、これ亀何匹分の手ですか？って訊いてしもて、その人あきれはったの覚えてるわ〜」

「もしそうやったら残酷物語だがね」

「ほんま。亀でなくて良かったわ。こ〜んな美味いもん、食い倒れの大阪にもないで〜」

「東京にもないです」

私が、カメノテに手を伸ばしながらそう言うと、二人とも嬉しそうに笑った。

「杏ちゃん、きっと飲兵衛《のんべえ》間違いなしやわ。ね、さっちゃん！」

「ディーエムエーもそうやからしょうがないがよ」

「さっちゃん、それディーエッチエーと違う？」

きっと二人ともDNAと言いたいんだろうと思ったが、さすがに花江さんにはツッコめず、私が黙っていると、

「嫌やわ〜。杏ちゃん、そこでツッコんでほしいのに〜！　そのままやったら、私ら二人とも恥ずかしいやん」

「え？　そうなんですか？」

私は、面食らってしまい、なんテンポも遅れて「それを言うならディーエヌエーやろ」とツッコんだ。花江さんは、それでええんよ〜と言って、笑っている。あーちゃんも笑っているが、意味はわかっていないかも。本場大阪のノリは私にはレベルが高すぎる。

「いいこと思いついた。今度の大潮の日、三人でイソモン採り行かへん？」

花江さんが、ぱちんと手を叩き、目を大きく開いて提案した。イソモンというのは、島の人たちが使う言葉だが、磯で採れる貝全体をいっていることもあれば、アワビを小さくしたようなイボアナゴという貝を指していうこともある。私もあーちゃんも、「行こう、行こう！」と二つ返事で賛成した。いよいよ、島の夏のプロローグだ。身体が火照ってくるのを感じる。イソモン採りに、山歩きに、そのうち海にだって入れるだろう。あーちゃんと花江さんのおしゃべりを、BGMのように聴きながら、一日目の夜は興奮気味に更けていった。

あーちゃん大学

閉じている瞼の外が乳白色の世界に見えて目が覚めた。カーテンを開け放った窓から朝日がもろに顔に当たっている。あーちゃんがわざと開けていったに違いない。昨日は興奮して寝られなかったから、今朝は朝寝するつもりでいたのに。屋久島の太陽は朝から容赦がない。

夕べ、花江さんが来る前にあーちゃんと二人で食卓を囲んでいた時のことだ。

「杏ちゃんは学校にも行っとらんから、あーちゃんと大学に行こうか?」

大学? あーちゃんと? どういうこと? 私が汁椀に口をつけたまま固まっていると、

「あーちゃん大学よ。お寺で勉強しよるんよ。お寺の先生の話はためになるから、杏ちゃんにもええんじゃないかと思ってね」

「あ~、お寺のことね。びっくりした! そうだね。いいよ~。あーちゃんの勉強がどんなものか見てあげよう」

私は少しふざけて答えた。あーちゃんはそれにはとりあわず、

「いい先生だよ。声も顔もいいし。あーちゃん、中学しか出とらんから、勉強するの楽しいんよ」

声がいいのはわかるとしても、「顔もいいってどうよ!」とツッコミを入れたくなったが、中

学しか出ていないあーちゃんが楽しんで勉強しているという言葉にぐっときて、ツッコむのをやめた。

早朝からのフルコースで、あーちゃんと行動をともにしている。あーちゃんの朝は早い。五時に起きてお墓へ行き、花の水を替えて、一度家に帰り身支度を整えてお寺へ行くのだ。小学生の頃は、私はあーちゃんがお寺から戻ってくる七時半頃に起きて、それから朝ごはんを食べていた。

言うは易し行うは難し、とはこのことだ。あーちゃんの提案を軽く飲んでしまったのを心から後悔した。夏とはいえ朝の五時に起きるのは死ぬほどつらい。まして、私はずっと不登校でお昼前にやっと起きる生活を続けていたのだから、身体がびっくりしているに違いないのだ。身体の細胞や血液が慌てふためいて、あっちに行ったりこっちにきたりしていろんな臓器たちを起こし回っている様子を想像しながら、あーちゃんの後ろをよたよたと歩いた。島の夏はイソモン採りから始まるとワクワクしたのに、まさかお墓通いからのスタートとは。

集落の共同墓地までは、あーちゃんちから歩いて一〇分くらいだ。周囲に畑や家々が見渡せる広々とした場所にある。あちこちから、集落の人たちが集まってきては、花の水を替えたり、お線香を焚いたりして、静かに去っていく。

福富家のお墓は、共同墓地の真ん中にあった。墓石に大きく「福富家」と書いてある。墓標の裏には福富英樹建立と記してあった。じいちゃんの名前だ。あちらからもこちらからも少しずつ違ったお線香の香りが漂ってきて、嗅覚が敏感な私はその匂いをかぎ分けているうちに、徐々に目が覚めてきた。

夏場は花の水がすぐに腐ってしまうので、毎日取り替えなくてはならない。あーちゃんにならって、私もお墓の周りを雑巾で拭いたり、お線香に火をつけたりした。二人でじいちゃんに手を合わせ、お墓をあとにするころには、すっかり身体の中が交通整理されて、細胞や血液、臓器たちが一日の仕事に取り掛かり始めたことを感じた。

お墓から家に帰ると、六時を告げるお寺の梵鐘が鳴り響いた。お寺には、じいちゃんの法事や、お盆参りなどで何度か行ったことがあったから、あーちゃん曰く「声も顔もいい住職さん」に会ってはいると思うのだが、あまり覚えていない。

「明法《みょうほう》さんというんだよ」

お寺への道を歩きながらあーちゃんが言った。あーちゃんの横顔を見ると、穏やかに微笑んでいる。私は、あーちゃんは明法さんに敬愛に近い感情を持っていることを感じた。

お寺の中は、荘厳な雰囲気で、中心には、明法さんの後ろ姿が見える。本堂には長椅子が置いてあり、私たちは入ってすぐの左側の椅子に座った。あらためて周囲を見回すと、紋付の着物や黒い礼服の人たちばかりで、びっくりした。あーちゃんは、普段着だけど、黒の上下に着替えてきている。私はというと、タンクトップにパーカー、下はショートパンツというい で立ちだ。なんだか自分だけ場違いな服装だと思い、少し恥ずかしくなった。

あーちゃんのほうを見ると、あーちゃんはすでに目を閉じて「なまんだぶつ、なまんだぶつ……」と唱えている。もう、あーちゃん、自分だけ着替えて、なんで私には教えてくれなかったのよ～と、心の中で文句を言っていると、突然磬《きん》の音が鳴り、明法さんの声が響いた。

明法さんの声は低くて太く、身体の芯に直接届いてくる感じがする。私は一瞬にしてその声の虜になった。以前テレビで見たホーミーを思い出した。ホーミーとは喉笛といわれるもので、二つの音を同時に出す歌唱法である。明法さんの唱えるお経は、ホーミーのそれによく似ていて、もうひとつ別の音の流れがある。私は無意識にそれを探しながら、その音に浸っていることが心地良かった。

お経の終わりを告げる磬の音で、私は我に返った。明法さんが私たちのほうへ向き直る。黒い法衣を着ているので、動くと、まるで大きな影が歩いているように見えた。黒板の前に立った明法さんはマイクを使って、本堂の人たちに話しかけている。ほんとうに授業を受けているようで、あーちゃんが「大学」と言ったのも素直にうなずけた。明法さんの話していることは難しくて、あまりわからなかったが、「人間は仏様の光によって砕かれなければならない」というようなことを言っていたと思う。

法話が終わって、私たちは本堂から出ようとしていた。

「幸恵さん」

後ろから声をかけられ、私とあーちゃんが振り返ると、そこには明法さんが立っていた。背の高い明法さんが近くに来ると、黒い影が迫ってくるようで、私は目をそむけた。

「今朝はお孫さんといらしたんですね」

「あら先生。今日もいいお話をありがとうございます。孫の杏です。しばらくこっちにおりますから、私と一緒に先生のお話を聞きに通いますよ」

あーちゃんは、なんとなくよそ行きの言葉でしゃべっている。

「そうか、杏ちゃんだったね。大きくなったね～」

と言われ、私はびっくりした。何回かお寺にきたことは記憶していたから、明法さんは私を覚えてくれていたのだろう。私がなんと答えたらいいかわからず、あーちゃんの後ろでそわそわしていると、明法さんはこう言った。

「若い人にお寺にきていただけると、張り合いが出ますから、ぜひまたきてくださいね」

あーちゃんはすかさず、

「私じゃ先生の張り合いになれず、申し訳ありませんね」とツッコんだ。

「いや、そういう訳ではなくて……いつもと違う世代の人が来てくれると、そういう人に向けてどんな話をしようかと考えるので、勉強になるというか……」

と、焦ったように答えていた。

「冗談ですよ」

あーちゃんはすましたものだ。明法さんは照れるように頭を掻いている。その仕草から、私はきっといい人なのだろうと感じた。すると、明法さんは私を覗き込むようにして、

「今日の話はどうでしたか？」と唐突に訊いてきた。

「私は、砕かれたくはないです」

私は咄嗟にそう答えてしまっていた。あ〜、また悪い癖が出た。思ったことをそのまま口にしてしまう私の悪い癖！　これで何度も失敗し、女の子のグループから外されてきたではないか。ホントに学習しないんだから！　後悔とともに、過去の嫌な思い出が頭をかすめる。しかし明法さんは、

「ああ、よく聞いてくださってたんですね。嬉しいです。僕もですよ。砕かれたい人なんていませんからね」

え？　さっき明法さんは、人間は砕かれるべきだっていってたんじゃない？　言った本人が砕かれたくないって、どういうこと？　全然わかんない。でも、耳触りの良い声でそう言われると、なんだか悪いふうには思えない。

私は相変わらず顔は覚えられないけど、声は実にインパクトが強く、覚えていられる。そして明法さんの顔は、あーちゃんちの五右衛門風呂のぬくもりのようだと感じた。

「そういえば、高校生の息子さんはどうしてらっしゃいますか？」

私の中の静寂を破るように、突然あーちゃんが訊いた。初耳だった。明法さんには高校生の息子さんがいるんだ。

「潜ってますよ、毎日。夏休みになって、文字通り水を得た魚です。スキューバのバイトと、夕方からは素潜りで魚追いかけてますよ」

「それじゃ、晩酌のアテ（肴）には苦労しませんね」

「はい。そのうち持って行かせます」

「あら～催促したみたいで、すみません。どうぞお気遣いなく」

私たちは明法さんに会釈をし、さらに仏様に向かって頭を下げ、外に出た。

急に蝉の鳴き声が飛び込んでくる。耳から頭にかけてワァーンと響く。クーラーで冷えてサラサラだった皮膚も、熱い空気に一瞬で巻きつかれ、毛穴から汗が一気に吹き出してきた。それも不快だったが、私はさっきの話に軽いショックを受けていた。高校生でスキューバダイビングのインストラクター？　潜って魚を捕る？　自分のいる世界とはかけ離れすぎていて想像もできなかった。

青年

その青年が訪ねてきたのはそれから数日後の夕方だった。あんまり暑かったから、私は寝ころんだ状態で膝を立てて足を組み、足元から扇風機をかけていた。足は玄関を隔てる障子のほうへ向けていたが、その障子の向こうから声がしたので、びっくりして跳ね起きた。びっくりしすぎて、起き上がる時に組んだ足がもつれて倒れてしまった。

「ごめんくっださ～い！」

独特の抑揚のある声。

「あ、は、は～い」

私は上ずった声を出して、障子をそっと開いた。そこには、背が高くて、細身の、よく日に焼けた青年が立っていた。「We are spiars」と印字された緑色のTシャツを着ている。

「親父が持ってけって言うから。今日、突いたばっかで、血抜きもバッチリだから、何日かチルドで寝かして食べるといいよ」

そう言って青年は、レジ袋を手渡してきた。おそらく魚の切り身の入ったその袋をおそるおそる受け取る。ズシリと重かった。

「あ、ありがとうございます……」

それ以上、なんと言ったらいいのかわからず黙ってしまった。脇から冷たい汗がツツーッと流れる。初対面の人に対して、私はいつもこうなのだ。黙ってしまうか、場に合わないことを言ってしまうかのどっちか。一秒が一分くらいに長く感じる。私の頭が真っ白になる直前に青年が言った。

「けっこう重いっしょ」

「ええ。あ、はい……」

かすれた声でやっと返事をする。

「まあまあ大きかったからね〜。アカジョウっていうんだよ」

青年は勝手にしゃべり、「見る?」と言って、私に頷く暇も与えず、短パンのポケットからスマホを取り出して、写メで撮ったという魚を見せてくれた。赤黒くて、やはり赤い小さなドットの入った魚、アカジョウ。それを青年が両手で抱えている写真。そこから推測すると、七十センチくらいはあるだろうか? それにしても、こんな毒々しい魚がホントに美味しいのかな……。

そんな私の無言の反応を見透かしたように、

「うまいよ～。食べてみて」

と青年は重ねて言った。そしてそのまま玄関を出ていこうとしたので、私は慌てて、

「あ、あの、ありがとうございます。もしかして……あの～、お寺の？」

と訊いてみる。ちゃんとした質問にはなっていないが、ちょっとは落ち着きを取り戻せた。

「そうだよ。親父に会ったんだってね。ケイドロ……したかもね。ずいぶん前」

え？　ケイドロ？　昔のこと言ってるの？　ということは、私たち会ったことがあるってこと？　やっぱりすぐには言葉が出てこない。喉がカラカラに乾き、飲み込む唾も出てこないけれど、私は小さくコクッと喉を鳴らした。

「小さい頃……ケイドロはした」

やっと絞り出した、からっからのしゃがれ声。

「またやれば？　このへん、けっこうガキンチョいるよ」

その見下したような態度と言葉にカチンときた。

「もうしませんよ！　私、中三です。子どもじゃないんで」

「へ～、俺高二だけど、今でもやるよ。ガキンチョたちと。楽しいのに！」

なんかムカつく！　私がムッとしたのがわかったのか、青年は、

「じゃ、まっ、そういうこって！」

と言って、右手を軽く上げ、くるっと踵を返したかと思うと、軽い足取りで去っていく。青年

の顔は、吹雪のような強い風、ブリザードのイメージだった。なにが「まっ、そういうこって！」よ。

私はしばらくムカムカがおさまらず、家の中をぐるぐると歩き回っていたが、突然ハッとした。最後にあの青年にしっかり、憎まれ口を言い返していたことを思い出した。あちゃ～、しまった。お魚もらって、あんな態度取っちゃうなんて……。ホントに私って、緊張して黙り込むか、怒ってキツく言うかのどっちかで、自然体で話せないんだよなぁ。あーちゃんにはできるのに……。そう思うと、頭に上っていた血が一気に下に降りてきて、ぐったりとあーちゃんの籐の椅子に座り込んだ。

私は、性格的にはママよりはパパに似ていると思う。パパは、少々潔癖症でいろいろと細かいところがある。調味料の蓋をきちんとしめていなかったり、使ったハサミを元の場所に戻していなかったり、お風呂場の排水溝に私の長い髪の毛が溜まっていたりしたら、必ず報告してくる。「杏の長い髪の毛、始末しといたからね」という具合に。自分でなんでもやってくれるし、叱ったりしないからまだいいけど、絶賛思春期の私にとってはけっこうウザい。それに私が不登校になってからは、学校に行ってほしいという無言のプレッシャーを感じて、会話もしなくなった。だけど小さいころは、ママよりも細かいことに気づいてくれて、いろいろとお世話をしてくれた。お風呂からあがったらドライヤーで丁寧に髪を乾かしてくれるのもパパだったし、始業式に持っていく雑巾を手縫いしてくれたのもパパだった。大きな縫い目が恥ずかしかった記憶があるけれど。

私も、パパと同じじゃないけど、細かいところがある。例えば、学校の活動の中で何をするのかよくわからないものがあると、不安になるとか、急に予定が変更になったりすると慌ててしまうとか。だから、ちょっとしたことでも細かく訊きすぎたり、しつこく確認したりして「神経質」って言われることがよくある。そういえば、カウンセラーのフリージア先生から、私には、少し先の見通しとか、実際のイメージを持つことが大切なことなんだろうって言われたっけ。そのときは、自分のつらさの理由が少しわかってホッとしたのを覚えているけど。要するに「まっ、そういうこって!」なんていう曖昧な言葉は、私の辞書には載ってないのだ。

ママはどうなんだろう？　そう「ママはこんな人」って説明するのが実はとても難しい。パパが細かいことに気づいて、先に動いてしまうからなのかよくはわからないが、ママはなんにも興味がないように見える。そう、私にも。炊事、洗濯、掃除の家事全般、ママは普通の共働きの母親の平均ぐらいはやっていると思う。平均なんていっても、他のお母さんたちがどんな感じかわからないから、想像でしかないけど。とりあえず私は困っていない。ご飯はちゃんと食べられるし、体操服が洗ってなかったこともない。家の中は、ピカピカってわけじゃないけど、いちおうは整然としてる。パパはママの掃除では気に入らなくて、暇さえあればコロコロでゴミを取っているけれど、だからと言ってママは「私の掃除が気に入らないの？」なんて言うことはない。ママは、テレビを見て笑ったりもするし、私やパパとも普通にしゃべっている。でも、なにかが違うんだ、ママは。ママの目は私を見ていない。というか何も見ていない。

小学校三年生の時、こんなことがあった。担任は、三十代の女の先生だったが、あからさまにひいきをする人で、クラスの大半はその先生のことが嫌いだった。勉強がよくできる男の子のことを可愛がっていて、その子だけには絶対に怒らないのに、クラス全員の前ではいつもヒステリックに叫んでいる。生徒のことをバカとかアホとか平気で言ったり、「こんな問題もわからないなんて、あんたの将来ないね」などと今から思えばパワハラを繰り返していた。

　ある日のこと、放課後教室に残っていたら、一人の女の子が黒板に、ひいきされている子と先生の相合傘を描き出した。周りにいた男の子や女の子たちも面白がって集まってきて、相合傘の周りに先生の似顔絵を描いたり、吹き出しをつけて「好きよ〜」と書いたりしている。

「杏ちゃんも、なんか書きなよ」

　最初に相合傘を描いた女の子に言われ、私はなにも考えず、赤いチョークで小さなハートマークをいくつか描いた。そのことはもちろん、次の日に大きな問題になり、描いた人全員がいつものヒステリックな声で一時間中怒られた。私は耳が痛くなって、失神しかけた。もうろうとした意識の中で、相合傘を描かれた男の子の姿が目に入った。彼は、赤い顔をしてずっと下を向いている。私は初めて、その子のことが気になり始めた。先生からは、「親にも連絡した」と言われ、家に帰ったらお説教が待っているはずだった。しかし、ママからは何も訊かれない。もうすぐ寝るという時間になってもママが何も言わないので、

「ねえ、今日学校から何か連絡なかった？」と、思い切って私から尋ねてみた。

「ああ、あったよ」

　ママは、そう言っただけだった。怒らないの？と訊くと

「どうしちゃったの？　杏らしくないね」

ママは、雑誌をめくりながら、私の顔を見ないで言った。何があったのか、本当ならなぜそんなことをしたのか、先生はともかく、その男の子の気持ちは考えなかったのか、私はママに訊いてほしかった。そして、私は悪いことをしたのだと言って、叱ってほしかったんだと思う。

そのころ私は、何が正しくて、何が間違ったことか、はっきりとわからないで生きていた。人の気持ちを考えなさい、と言われても、ピンとこない。でもあの男の子の赤い顔と、じっと下を向いたまま動かなかった姿を見たとき、その男の子を深く傷つけてしまったことだけはわかった。次の日、実行犯グループの子たちは、皆一様に親から怒られたとか、一時間お説教くらったとか、中にはビンタされたと言う子もいた。私は何も話さなかった。

その日の休み時間、私は赤い顔をしていた男の子に近づいた。「ごめんね」と言うはずだった。言う言葉はわかっていたが、喉が詰まったみたいになって、すぐには出てこない。私が黙って立っていると、その子のほうが先に口を開いた。

「僕が、このクラスになって、先生からひいきされて、どんなに苦しいか知らないよね。病気になって学校を休めたらって、毎日考えてるよ。だから、あんな落書きくらいなんてことないよ」

私は、その言葉を聞いた時のショックを一生忘れない。私は、彼を傷つけたと思っていたが、彼は特別扱いされることで、ずっと傷つき続けていたのだ。人の心の複雑さを思い知った瞬間だった。私にはわからない。ママも教えてくれない。どうしたらいいんだろう……。私は、途方に暮れたような気持ちでいた。その感覚は今でもずっと続いている。

私はのろのろと椅子から立ち上がり、まだ名前も知らない青年のくれたアカジョウを冷蔵庫のチルドにしまった。

悪人正機《あくにんしょうき》とママ

私とあーちゃんの「早朝墓参りからの、お寺通い」ルーティンは定着しつつある。お寺で明法さんの法話を聴くようになってわかったことが二つあった。ひとつには、あーちゃんは、変なカタカナ英語をここで仕入れているということ。明法さんはよく英単語を使うのだ。お年寄りにわかるかな?と心配になる。リスペクト、レスポンス、シンパシー等々。あーちゃんのノートを盗み見ると、「しんぱいしぃ＝共感」などと書いてある。英単語の記憶術としては役に立つと思い、可笑しくなった。明法さんの話した言葉をそのまま書いているから、リスペットなどという面白い間違いが起きるのだと気づいた。

もうひとつは、法話というものは「いい人間になりなさい」と言っているわけではないということ。

歴史の時間、親鸞という人が「悪人正機説」を唱えたと習ったことは覚えていた。明法さんによると、悪人というのは自分のことを悪人だと知っている人のことで、善人というのは自分は善人であると思い込み、自分の悪の部分に気づいていない人のことを言うのだそうだ。だから悪人正機、「善人なおもて往生をとぐ、いわんや悪人をや」の意味は、自分のことをよくわかっていない人だって救われるのだから、自分の悪の部分に気づいている人は当然救われるということになる。

また、ママとのことが思い出されてくる。学校に行けなくなってしばらくたった朝のこと。

「杏。杏ちゃん、起きて。学校行く時間よ」

ママが起こしにきた。

「ムリ」

私は一言そう言うと頭から布団を被った。ママは、いつもなら私に、何かを強制してさせることはない。そしてため息をついて部屋を出ていくのが常だったが、その日は私のベッドの端に座ってしばらく動く気配がなかった。鼻をすする音がして、私がそっと布団を目の下まで下げてみると、ママは泣いていた。私は驚いて、上半身を起こした。

「ママ、どうしたの。なんで泣いてるの？」

私は訊いた。

「杏が学校に行ってくれないとママ外を歩けない……。パパからは、もっと杏に向き合えって言われるし……近所の人たちも杏が学校行ってないこと知ってて何か噂してるみたい。……杏、お願い。ママのためだと思って、学校行ってくれない？」

私は、お腹の下のほうからドロッとしたものが胸のあたりまであがってきたのを感じた。

「ママ、私、ほんとうに学校行くと苦しいんだよ。どこにいたってうるさいし……教室にいるとなにかに圧迫されているみたいで、なんていうか、押しつぶされそうになるんだ」

絞り出すようにやっと言った。

「そんなの、杏の気のせいじゃないの？」

その言葉を聞いた時、ドロッとしたものは私の喉元までせり上がってきて、私はゴホゴホと咳をした。

「杏はそんなことで挫けるような弱い子じゃないよね？」

もう我慢の限界だった。私は、堰を切ったようにママに向かって叫んだ。

「うるさい！　ママに私のことなんてわからないよ！　私に興味なんてなかったくせに！　私が学校に行かなくなって、都合が悪くなったからって、急にかまわないでよ！　ママのために学校行ってなんてよく言えるよね。私はいつだって……ずっとママのために、ママの喜ぶ顔が見たくて頑張ってきたんだよ！」

思ってもいなかった言葉が口を突いて出てきて、自分でも驚いた。ママもひどく驚いた様子で、目を大きく見開いて私を見ていた。しかし、次第にその目が力なく下を向いて、ママは、「ごめんね」とだけ言って部屋を出て行った。私は、体中の力が抜けて、そのままベッドに倒れこみ、長い間起き上がれなかった。

それからというもの、ママは私に気を遣い、言葉を選んでいるのがわかる。パパも、自分の気持ちを抑え、不登校になりたてのころのように、学校に行けとは言わなくなった。二人とも私に我慢して暮らしていた。ピリピリした日々が一年ほど続いて、ママの憔悴ぶりを見かねたパパが、私にあーちゃんの所へ行くよう勧めてくれたのだった。

お寺からの帰り道、

「今日も良か話じゃったね」

あーちゃんが話しかけてきた。私はママとのことを思い出して、ずいぶん長い時間、黙りこくっていたみたいだ。

今日も相変わらず衰えを知らない蝉しぐれだ。私はその音に紛れるように小さな声で、

「私は、最低最悪の悪人です」と言った。

「私も、正真正銘の悪人だよ」

やっぱり聞こえていたか〜。あーちゃんはごまかせない。でも、それが安心する。私は大きな声で言う。

「あーちゃんが悪人なら、この世の人み〜んな悪人じゃ〜ん！」

あーちゃんはいつものように微笑んでいたが、その横顔はどこか物憂げで、ちょっぴり悲しそうに見えた。あーちゃんのこんな顔は初めてだった。

カワセミとサクラ

あーちゃんの家から十分ほど歩くと、集落を抜けて山へと続く道へ出る。実は、島にきてからというもの、私は毎日この山道を散歩している。とにかく人がいないのがいい。東京では一歩家

から外へ出たら、人に会わない場所はないといっても過言ではない。この山道では、よく茂った木が、道に濃い影を落としており、私はそこを選ぶようにして歩いている。緩やかな上り坂だが、日陰を歩けるのでじわっと汗をかく程度だ。道から少し外れて森の中に足を踏み入れると、川が流れている。川の中には大小さまざまな岩があって、急流では水しぶきがはじけ飛んでいる。川辺を歩いていると、マイナスイオンを浴びて、肺の中まで清浄になっていく気がする。森の中は、川の流れる音の他にいろんな鳥の鳴き声が聞こえてくる。美しい声がよくとおるキビタキはすぐわかる。ホトトギスは、あーちゃんが「トッピョトッタカ」と鳴くんだよと教えてくれた。トッピョとは、トビウオのことで、屋久島ではよく捕れる魚だ。そういうふうに聞いてみればなるほど、そう聞こえなくもない。時折、「ホイホイホイ」と鳴く鳥がいる。あれはなんという鳥だろう？　あーちゃんに聞いてみようと思いながら、忘れている。

　私は対岸の崖にカワセミの巣を見つけていた。散歩中運が良ければ、この巣に出入りするカワセミの姿が見られるのだ。姿が現れるまで、じっと一時間くらい待っていたこともある。静かに座っていると、風が木の葉を揺らす音、川の水音、鳥の声が聞こえてくる。この世界もけっこう忙しく動いていて、決して静寂なんかではない。一瞬一瞬、変化しているのだ。私は興味を持って、ずっとここにいられる気がする。ここでは、私は世界とともにあることを実感できた。

「タッタッ、ハッハッ、タッタッ、ハッハッ」

　突然、誰かの息づかいと足音が聞こえ、私の世界が崩れた。

　私は、少し苛立ちながら崖上の道を見上げた。あ！　あの青年だ。相変わらず顔は判別できなかったが、ブリザードを感じたから間違いない。私はとっさに首を引っ込め、崖にへばりつくようにして隠れた。

青年は、走るのをやめて、崖の上で立ち止まったようだった。私は動かずに息を殺していた。じっとしているのは得意だ。しかし、ほんの三メートルほど上にあのブリザード青年がいると思うと、背中がじんじんしてくる感じがした。どれほどの時間そうしていたのだろう。ずいぶん長い時間が経ったような気がしていた。青年はきっと立ち去ったに違いない。背中のじんじんする感覚は消え、世界の調和は戻りつつあった。

その時だった。水面に水しぶきが上がり、その場所から青っぽい何かが飛び上がった。カワセミだ！　小さな魚をくわえ、近くの岩に着地した。魚はカワセミのくちばしにはさまれてピチピチと動いている。カワセミはくわえた魚を何度も岩にぶつけ、くわえ直し飲み込んだ。私は、かたずを飲んで、その光景を見ていた。

その時、私の頭上で、パチパチと手をたたく音がした。私の世界がふたたび壊された。見上げると、ブリザードが拍手していた。あれからずっとここにいたの？　私は信じられなかった。

「ワオ！　いつ見てもすげーな！」

私は観念して、ブリザードから見えるところまで移動し、訊いた。

「ずっとそこにいたの？」

「そうだよ。今ごろの時間帯は、あいつの捕食シーンが見られるから、時々きて、粘るんだ。キミも待ってたんだろ？」

そう言いながら、ブリザードが崖を降りてこようとしたから、私は慌てて、

「私、もう帰りますから」と言って、ブリザードが降りてこようとした道を、逆に登って行った。

ブリザードは、崖の道の途中で止まっている。どうするのだろう。今から川辺に降りるのだったら、先に通してあげればよかったかな。でも、そうではなかったらしい。私が近づくと私の前を歩き出して、一緒に山道に出た。そして、私と並んで集落へのゆるい坂道を下り始めた。

「ランニング、しなくていいんですか?」

「ああ、いいんだよ。なんちゃってランニングだからね。散歩とか、さっきみたいな待ち型のバードウォッチングが目的なんだ」

ブリザードは言った。

「いつもきてるんですか?」

「バイトが休みの日だけね」

「バイト?」

「そう。ダイビングショップの。俺は素潜りが好きだけど、ボンベ担いで潜るタイプのダイビングもバイトでやってるんだ」

明法さんが言っていたから知ってたけど、やっぱりそうなんだ。

東京の学校で会ったカウンセラーの先生の言葉を思い出した。

「杏さん、この世で一番静かな所、どこか知ってる? 海の中よ」

森の中とはまた違うんだろうな。行ってみたい。

「潜ってみたい？」

　私の顔を覗き込むようにして、ブリザードは訊いた。私はわざとそっけなく「そのうちに」と答えた。この青年のペースに巻き込まれて、じゃあ明日行こうなんてことにはなりたくない。私には、見通し、イメージ、心の準備というものが人一倍必要なのだ。話題を変えるのにちょうどいい質問を思い出した。

「そういえば時々『ホイホイホイ』という鳥の声が聞こえてくるんですけど、あれってなんという鳥か知ってますか？」

「あ〜、ホイホイホイね。たぶん三光鳥《さんこうちょう》じゃないかな。月日星《つきひほし》ホイホイホイって言ってるんだって。俺にはまったくそんなふうには聞こえないけどね。キミ、すごいね、ホイホイホイってわかったんだ。尾っぽの長い鳥でね、あんまり姿は見せないよね」

「へ〜っ、三光鳥。詳しいんですね」

「十年も森の中を走り回ってたら、少しは覚えるよ。月と日と星の三つの光で三光鳥というらしいよ」

　ブリザードは名前の由来も教えてくれた。

「姿を見せない鳥か〜。神秘的！　見てみたいな」

「美しいものは、あんまり人の目に触れないようにして、身を守ってるんだよ。鳥だけじゃないよ。ちょっと来て」

ブリザードは、そう言うと山道をそれて、森の中に入っていった。私は後ろをついて行った。森の中は鬱蒼としていて、本土では見られないような大きなシダが生えていた。木の種類はわからないが、所々に気根を伸ばした木が見られる。これはガジュマルだろう。ブリザードが何を見せたいのかわからないが、ただこうして一緒に森の中を歩くのは嫌じゃない。

「あ！　あった！」

ブリザードの声がして、その後すぐに、「お～い！」と私を呼んだ。

「ほらあそこ、見てみなよ」

大きな木の上のほうに、木に巻きつくようにして咲いている花がある。なんて可愛い花！　白くて丸い花で、たくさんの赤い点々がある。ひとつだけぽつんと咲いていて、仄暗い森の中に、不思議な異彩を放っていた。近づいてよく見ると、アジサイのように、小さな花がたくさん集まって一つの花になっていることがわかった。小さな花の一つ一つは白く、星のような形をしていて、真ん中に赤い金平糖のような芯があった。それが全体的に見ると、丸い毬のような形になっているのだ。

「すご～い！　きれいな花！　こんな花、初めて見た！」

「サクラランだよ。きれいだろ。俺の一番好きな花。森の中に入らないと見れない花なんだよ。あんまりきれいだから、人に摘んだりされないように隠れてる、と思うんだよな」

私は、そういう考え方を初めて聞いたように思った。森は、たくさんの美しいものを上手に隠してくれているのかもしれない。カワセミも三光鳥もサクラランも、森の中で安心して生きているのだろう。今日ここに来れてよかったな。私は、不思議な安堵感に包まれて、サクラランを見つめた。

「ありがとう」

私は自分でも驚くほど、素直な気持ちでそう言った。

「な～んも、だよ。俺も久々にサクラランを拝めてよかったよ」

森を出て山道に戻り、私たちはお互いの自己紹介をしながら歩いた。青年の名前は「香雪」と書いて、コウセツと読むのだそうだ。なんかイメージに合わない名前だなあ。「コウセツはコウセツでも、私の中ではどちらかというと『荒雪《こうせつ》』って感じなんだけど」って言いたかったけど、お母さんがつけてくれた名前だっていうから、いじるのは遠慮した。そしてふと興味をひかれて尋ねてみた。

「香雪って素敵な名前ですね。どういう意味があるんですか?」

「花の名前だって。香雪蘭」

「香雪蘭?」

「フリージアのことだよ。おふくろが一番好きな花らしい」

フリージアと聞いて、すぐに東京のカウンセラーの先生のことが浮かんだ。不思議なことに、屋久島にきてからも、私は何度かフリージア先生のことを思い出していた。だから、ついこう言ってしまった。

「フリージアの顔の先生がいてね……」

言ってから「しまった！」と思ったがもう遅い。

「フリージアの顔？　一体どういうこと？」

コウセツはすかさず、興味津々というような声の調子で尋ねてきた。

「んん〜、もう私って〜！」と後悔したが、説明しないわけにもいかない。

私は身体のいろんな感覚が敏感で、一般的な感じ方とは少し違った感じ方をすること、とりわけ人の顔を覚えるのが苦手で、顔の造形を認識するかわりに、視覚や触覚、嗅覚といった感覚的なイメージで記憶していることを話した。

「へ〜、すごいな。キミみたいな感じ方をする人には初めて会ったよ。それで人の顔が花に見えるってわけか」

下手すれば奇異にとらえられかねない私の話を、素直に受け止めてくれている。この人、見かけより真面目で優しい人かもしれない。短い時間に、イメージはどんどん上書きされて、最初に会った時のムカつく青年のイメージが書き変わっていく。私は続けた。

「そう。その先生、東京の中学校のスクールカウンセラーの先生なの」

するとコウセツが驚いた様子で言った。

「そりゃ偶然だな！　俺のおふくろも東京の中学校でカウンセラーしてるんだよ」

「えっ……？」

私は目を丸くした。直感的にフリージア先生はコウセツのお母さんだと感じた。話を聞いていくうち、コウセツの名字が「鈴木」であることや、お母さんの勤務先が私の通う中学校であることがわかり、直感は確信へと変わった。

「たぶん、フリージア先生、あなたのお母さんだと思う」

今度は香雪が目を丸くして
「え、まじか〜。すごい偶然だな。こんなことってあるんだ」と言った。

「私、ホントにびっくりした。フリージア先生があなたのお母さんということも、にわかには信じられないけど、でもたぶんそう。そして、だとしたら、私の感じた先生のイメージが、先生の一番好きな花だったってことも、すごい驚きだわ。私、エスパーかも？」

「キミってスゲエやつだな！」

コウセツがそう言って、私たちのテンションは爆上がりし、一気に打ち解けたのだ。

「じゃあ、俺のイメージは？　何に見える？」

そう聞かれて、私は少し間をおいて答えた。

「ブリザード」

「へっ？　ブリザードって、吹雪のこと？」

「うん」

「なんやねん！　サクラランやないんか〜い！」

私は急に関西弁になったコウセツのツッコミにゲラゲラ笑ってしまった。

人と話していてこんなに笑ったのは何年ぶりだろう。私は自分でも驚くほどおしゃべりになり、いつの間にか、学校に馴染めなくて一年間学校へ行ってないことまで話していた。

コウセツは黙って聴いていたが、静かにこう言った。

「俺はね、ガキの頃は文字が絵みたいに見えて、なんも覚えられなかったな。中学に上がるまで、本もよく読めなかったんだ」

「そうだったんだ……」

「今は大丈夫だよ。海に潜るようになってから、感覚が整ってきたのかもね。魚の種類とかに興味があって、いつも図鑑を見てたのもよかったかな」

「学校はつらくなかったの？」

「俺はさ、敏感でつらいっていうより、目に入ってくるもの、聞こえてくるものすべてに反応してて、身体がいくつあっても足りないって感じだったよ。それを一般的には落ち着きがないっていうらしいよ」

コウセツは、にやっと笑った。落ち着きがないって言葉を嫌というほど言われてきたのだろう。私もフフッと笑った。

「親も先生も手を焼いていたそうだよ。鳥を見れば捕まえようとして二階のベランダから落っこちそうになるし、休み時間にバッタを見つけた時にはどこまでも追いかけていって帰ってこなかった」

「どうなったの？」

「学校あげての探し方さ。そうとも知らず、こっちはバッタを追いかけて行った先の川で、石亀を捕ってた」

私たちは一緒に大きな声をあげて笑った。

「叱られたんじゃない？」

「親はそこそこ理解があったけど、学校や先生は嫌いだったよ。俺は先生たちにとっては厄介者だったからね。ある時は無視されて放っとかれたり、ある時は先生のストレスのはけ口のように殴られたり」

私は話を聴きながら、ショックだった。今まで私は自分のことを、特別生きづらいって感じていた。ある意味、コウセツのような「落ち着きのない子」のことを私とは全然違う種類の人間と思っていたし、どこかで軽蔑もしていたと思う。そういう「落ち着きのない子」の目まぐるしい動きや、立てる音、大きな声などが私は苦手だった。でも、もしかしたら似ているところがあって、その現れ方が違うだけなのかもしれないと感じた。

この人も「普通」じゃない感覚に苦しんでたんだ。そう気づいた時、彼のブリザードという印象は消え、はっきりとした輪郭を持った香雪という人になった。

「いろいろ大変だったんだね。私、自分だけがつらいって思い過ぎていたのかも。あなたの話を聞いてたら、何だかちょっと楽になった。ありがとう」

「こんな話で元気になるんだったら、腐るほどあるよ。ハハハ」

そう言って香雪は笑って見せた。だんだん顔がはっきりしてきて、笑うと目じりに皺がより、えくぼができることがわかった。

「なあ、今日うちにこないか？　この前あげたアカジョウ、まだ食べてないでしょ。その前に突いたやつがちょうど食べごろなんだよね。親父と二人じゃつまんないから食べにきてよ」

ダイビングの誘いだけを警戒していたけど、そうきたか！

「えっと、私ね、誤解してほしくないんだけど、何て言うか……私には心の準備っていうものが必要で……全然嫌とかそういうんではないんだけど。少し考える時間とかがあるといいなって」

「そうか。わかった。じゃあライン交換しようか。それで、キミのいい時に返事くれる？」

香雪は、私のたどたどしい言葉をそのまま受け取ってくれたようだった。「じゃあいいよ」でもなく「また今度」でもなく。今まで私は、面倒くさいやつだと思われて距離を取られることを、怖れていたのだともわかった。後で思ったことだが、あんなふうに、自分の気持ちを真っ直ぐ正直に表現したことは、私の人生の中で、あーちゃん以外では初めてだったかもしれない。

私たちはラインを交換し、しばらく歩いて分かれ道に着いた。

「そんじゃ、連絡待ってるよ〜」

香雪がおどけた感じで言った。

「あ、あの！　あなたのこと、なんて呼んだらいいですか？」

「こうちゃんでも、こう君でも、コウセツでも。キミが呼びたいように」

「じゃ……、香雪で」

「ホイ。オッケー！　じゃ、俺も杏で」

彼の、子気味のいい会話のテンポは好きだ。あーちゃんちまでの道を一人で歩きながら、不思議と、身体の中に満ち足りた感覚が湧いてくるのを感じていた。

人生とつけあげ

あーちゃんちに帰り着いた時にはもうお昼を回っていた。お寺から戻って朝ご飯を食べた後、すぐに出かけたから、ゆうに三時間を超える散歩だったというわけだ。

「おかえり〜。今日は遅かったね。何かあったんじゃないかって心配したよ」

「あーちゃん、ただいま。心配かけてごめんね。カワセミが来るのを待ってたから遅くなっちゃった。魚捕るとこ、見れたんだよ〜。すごかった！」

私は、香雪のことをすぐには報告できなくて、カワセミのことを一気にしゃべった。あーちゃんはほっとしたように台所へ行き、お昼ご飯の用意を始めたようだ。ガスをつける音が聞こえる。そして大きな声でしゃべり始めた。

「カワセミが見れたんね、そりゃよかったね〜。昔は、このへんの川辺でもよく見かけたもんだったけど、なかなかお目にかかれなくなったよ」

「あんまりきれいな鳥だから、人間に捕まえられないように、森に隠れて住んでるんだね」

私は、香雪の受け売りでそう言ってみた。

「里のもんは、だ〜れもカワセミを捕まえるようなことはせんじゃったけんどね〜」

ちゃぶ台に、昨日の残りの苦瓜のチャンプルーとか、刺身の残りをヅケ（※醤油やみりん、ゴマなどに漬けておくこと）にしたものを並べながら、あーちゃんは呟く。そっか。捕獲されるからってだけで、隠れてるわけじゃないんだ。生き物にとって、人間の住む環境はだんだん住みにくくなってるってことかなぁ。私は、人間より鳥や動物に近いかも。だって、人のつくったこの世界はめっちゃ生きにくいもん。

私は、お味噌汁をついだり、ご飯をよそったりしながらそう思った。あーちゃんは、ヅケを炊き立てご飯の上に乗せて、美味しそうに食べながら話している。

「カワセミって鳥は、つがいで一生を終える鳥なんだよ。あーちゃんのパートナーは、早くにアメリカ行っちゃったから、昔はつがいでいるカワセミを見て、慰められたもんだよ」

あーちゃんは、死ぬことを「アメリカ行く」と言う。理由は特にないらしい。そして、パートナーね。間違いじゃないけど、そこはわざわざ英語にしなくても、「夫」でいいんじゃゃ?と思った。

「じいちゃん、亡くなったの早かったもんね」

「早かったも何も、杏ちゃんのママが生まれてから二年もせんうちじゃった」

声のトーンが少し下がり、昔を思い出すように、手に持った茶碗に目を落とした。

「あーちゃん、義理堅いね。四〇年以上も再婚しないで、ひとりで生きてきたんだね」

「よかにせ（※鹿児島弁で良い男のこと）じゃったけえね～」

あーちゃんは、顔をあげていたずらっぽく笑い、顎を突き出してニッと歯を見せた。そして、おどけた感じで頭を振りながら歌を詠んだ。

「潮に乗り　アメリカ行く日　近まれば　気になりはじむ　波皺《しわ》くちゃの顔」

あーちゃんにはこういう風流なところがある。あーちゃんは屋久島の出身ではなく、となりの種子島の出身だ。その島にはお城があって、お殿様が治めていたそうだ。城下町だった文化の影響が今でも残っていて、あーちゃんみたいに歌を詠む人がいると聞いたことがある。

「じいちゃんがアメリカ行った時は、若くてよかにせじゃったけえ、こんなばあさんじゃ釣り合いがとれんがよ」

「あーちゃん、いつもながらじょうず。とっても素敵な恋の歌だと思うよ。でも、あーちゃんには、いつまでもアメリカ行ってほしくはないよ～」

私は、あーちゃんの腕を掴んで甘えるようにそう言った。

「ありがとさん。あーちゃんも行きたいって言うても、じいちゃんが迎えに来てくれんと行けんからよ～」

私は食事を終えて、なんとなく座敷に行くとじいちゃんの遺影を眺めた。

「杏ちゃんも、何か一句、詠んでみらんね？」

そばに来たあーちゃんが言った。写真の中のじいちゃんは三十代のまま、ほんとうにハンサムだ。じいちゃんの顔はしっかり認識できる。私は、生きている生身の人の顔の認識が難しいだけで、写真は大丈夫なのだ。目が大きくて鼻筋は太く、唇にはしっかりとした輪郭線が見える。人相学などは知らないが、芯が強く大らかな人柄を感じる。

「じいちゃんと　呼ぶにはあまりに　若すぎる　写真の中の　見知らぬ人よ」

私は指を折りながら考え考え、こう詠んだ。

「お～、お見事！　座布団一枚！」

あーちゃんは大きな声でそう言うと、顔の前で手をたたいた。

じいちゃんは、鹿児島の離島の中では最南端に位置する与論島《よろんとう》からの移住だったそうだ。与論島から屋久島へきて、必死に働いて船を持ち、その船でシケに遭い、あっけなくアメリカ行ってしまった。この島の出身でない夫婦には頼れる親戚もなく、じいちゃん亡き後のあーちゃんはひとりでママを育てたのだ。

考えてみれば、私はそのころの詳しい話を、一度も、あーちゃんからもママからも聞いたことがない。ほんとのところ、どうだったのだろう。じいちゃんの遺影を眺めながら、私は初めてあーちゃんの人生に関心を持った。

今、お昼ご飯を食べ終わったばかりなのに、台所から、

「杏ちゃん、今日の夕飯はなんにしようか～。トビウオのミンチがあるから、つけあげでもしようかね～」というあーちゃんの声が聞こえてきた。

私は心に引っかかっていた香雪との約束を思い出し焦った。

「あーちゃん、山でお寺の息子さんに会ってね、今日夕飯に誘われたんだ～」

できるだけ、平静を装って言った。それなのに、あーちゃんは、台所からわざわざ顔を出してきて、目をまん丸くして茶化すように言うのだ。

「な～んね。香雪君にね。それであんなに遅かったんだね～」

もう私は、返す言葉がなくて、ただ顔が火照るのを感じているしかない。

「あーちゃんがつけあげを揚げるから持って行くとええよ」
まだ、行くという返事もしていなかったが、あーちゃんは張り切って用意し始めている。私はあわてて、あーちゃんを台所から居間に連れてきて言った。
「あーちゃん、いったんここに座ってくれる？　私、すごく不安だから、相談に乗ってほしいんだ。いい？」
「あーちゃんでわかることならね」
あーちゃんは快く応じてくれた。私は、あーちゃんを籐の椅子に座らせた。まず、香雪のお誘いに簡単に応じても、失礼にあたらないかを知りたかった。
「杏ちゃんが嫌なら行かなくてもいいけど、そうじゃなければ、全然失礼じゃないよ」
そうか、それじゃ今夜行ってもいいわけだ。では次に、と。
私は矢継ぎ早に質問をした。あーちゃんはその一つひとつに丁寧にこたえてくれた。
自宅と玄関の場所
訪問するときの挨拶
おうちに上がったら最初にすること
トイレに行きたくなったら何と言えばいいか
家の間取り（これはあーちゃんでもわからなかった）
帰りたくなったら何と言えばいいか
だいたい何時に帰るのが妥当か

その他、してはいけないことと、するべきこと

あーちゃんでも答えられないことはあったけど、具体的に「こうなったらどうする？」みたいな質問をして、少しずつ訪問のイメージがつかめてきた。

こんな時、あーちゃんはほんとうに親身になってくれる。私の過剰な心配も、細かい質問も、バカにしたり、どうにかなるよなんて言葉を濁したり、決めつけたりしないでちゃんと一緒に考えてくれた。最終的に、香雪んちの間取りがわからないのが、空間認識力の乏しい私にとって不安だったけど、トイレに行きたくなっても、明法さんと香雪にだったら何とか訊けると思い、自分の不安を押し切ることにした。

私は香雪にラインを打った。

「お招きいただき、ありがとうございます。今日、お伺いいたします。ご都合の良い時間をお知らせください」

あーちゃんと相談して作った文面だが、ちょっと硬い文章になったかな。香雪からの返事はすぐにきた。

「お誘い、お受けいただき有難く思います。つきましては、お寺の玄関ではなく、その裏手に自宅の玄関がありますので、そちらのほうからお越しください。一八時の梵鐘が鳴り終わるころ、いらしてくださると丁度よい時間かと思います」

香雪が普段からこんな文章を書くとは思えない。こいつ、面白がってるなと思ったが、とにかく行くことは決まった。私たちは、つけあげに取りかかった。

つけあげは、トビウオやアジなどの魚のミンチ（すり身にしたもの）を使う。あーちゃん流は、このミンチにゴボウ、ニラ、人参を細く切ったものと豆腐、焼酎を少し混ぜて作る。ミンチは電子レンジで解凍したものの、まだ凍っている部分もあり、お湯で一度茹でて冷やしておいた豆腐と混ぜても、まだめちゃくちゃ冷たかった。時々手をお湯で温めながら混ぜていると、だんだんと手に心地いい感触が伝わってきて、私はこの作業に夢中になった。

「杏ちゃん、野菜も入れんな～（入れないと）」

あーちゃんに言われて我に返り、先に切っておいた野菜を入れた。私は、何かに夢中になると他のことが見えなくなるところがある。おそらく視野が狭いのだろう。私がミンチの感触に浸っている間に、あーちゃんは、ポテトサラダを一品仕上げていた。

「あーちゃん、すごい！　リスペットだよ！」

「そうじゃろ、そうじゃろ」

いつの間にか私も、あーちゃんナイズされている。

「あーちゃんはすごいね。いくつものことを一度にできて。私はいろいろと引っかかって、足引っ張るばかりでごめんね～」

「な～んも。杏ちゃんと話しながらいろいろやってると、楽しいばっかりだがね。あーちゃんも、若いころから杏ちゃんのように、しっかり考えて行動すりゃあ良かったたって思うね」

「あーちゃんは、そのまんまですごいよ。でも、足引っ張ってなくて良かった～。私が何にもできないのは、ママがあんまり教えてくれなかったからだよ、きっと。ママは、私に興味がなかったのかな、アハハ……」

言ってしまってから、しまったと思った。ママはあーちゃんの娘だから、ママの悪口は言わないようにしていたのに、つい出てしまった。あーちゃんといるとつい、本音がもれてしまう。

私の言葉を聞いたからか、あーちゃんはしばらく黙ったままでいた。さすがに気まずくなり始めた時、

「それは、あーちゃんのせいだよ。海知《みち》が杏ちゃんにちゃんと向き合えんとしたら、あーちゃんが悪いんだと思うがよ」

あーちゃんはいつになく神妙だった。

「なんでそう思うの？　育て方が悪かったってこと？」

「そういうこととは、ちょっとちがうけど、ママのことはあーちゃんのせいだと思う」

あーちゃんは重ねて言った。私は、あーちゃんが何を言っているのか、すごく気になったが、今はそれ以上訊いてはいけない気がして口をつぐんだ。

二人で話しながらつけあげの種を丸めていたら、なんと五十個にもなっていた。あーちゃんは、大きな油鍋をすでに火にかけており、揚げるだけになっている。私は、手を洗うついでに使った器具や皿を洗う。あーちゃんちの流しは、ステンレスやホーローのシンクとは違って、小さなタイルを敷き詰めたものなので、誤ってお皿やコップを落とすと、すぐに割れてしまう。私は丁寧に扱うよう心がけていた。洗っている途中無性にのどが渇いたことに気づいて、コップに水を入れて、ごくごくと飲んだ。そんなことにも気づかないほど、私は集中していたようだ。

「あ～、縄文水！　ヤバうま！」

屋久島には樹齢四千年といわれている縄文杉という巨大杉がある。それにちなんで、ただの水道水を縄文水と呼んでふざけているのだ。でも、冗談抜きで、屋久島の水はすこぶる美味しい。

私は、自分が飲んだコップを軽くすすぐと、再び水を入れて、あーちゃんに差し出した。

「はい、あーちゃんにも縄文水」

あーちゃんは空いているほうの左手でコップを受け取り、ごくごくと飲んだ。

「うう～まずい、もう一杯！」

と、あーちゃんが言い、二人で大笑いした。昔の青汁のコマーシャルの真似だそうだが、あーちゃんは、以前からこのネタをやっては私を笑わせてくれていた。

つけあげはどんどん揚がっていく。ハンバーグのような平たく丸い形に整えた種を油に入れると、種はぷーっと二倍くらいに膨らむ。あーちゃんは膨らんだ種をひっくり返した。きつね色になって油鍋から出されたつけあげは、クッキングペーパーの上で、元の大きさに縮み、少し濃い色になって落ち着く。

ふいにあーちゃんが、低いトーンでゆっくりと話し始めた。

「あーちゃん、これを作って、杏ちゃんのママ、海知を育ててきたんだよ」

「これって……つけあげ？」

「そ！　つけあげ。命の恩人」

つけあげの種はまだ半分以上残っている。私は、初めて聞くあーちゃんの昔話にドキドキしていた。

「じいちゃんがアメリカ行った後、シケで遭難しとった船は戻ってきたけんど、まだ船の借金が残っとってね、あーちゃんはどうしたらよかか、まったくわからんじゃった。そん時、漁協の人たちにはずいぶん助けてもろたがよ。船を引き取ってもらってね、借金も漁協の皆さんがもやいで肩代わりしてくれたんよ」

「もやいってなに？」

「もやいっちゅうは、もやい結びっちゅうて、もともと船を杭に繋ぐ結び方のことをいうけど、要するにみんなでお金を出し合うて、困っとる人を助ける仕組みのことをもやいちゅうんよ。あーちゃんは、それで助けてもらったがよ」

　初めて聞く話だった。

「あーちゃんもじいちゃんも屋久島の人じゃないから、心細かったんじゃないかなって思ってたけど、ちゃんと親切な人たちもいたんだね」

「ほんとだよ。感謝してもしきれんがよ。ほいでも、どうやって生活していこうかって思って、海知を負ぶって漁協と堤防の間を、毎日行ったり来たりしとってね、そん時助けてくれたのも、漁協の組合長さんはじめ、漁師さんたちやった。水揚げした魚で売れ残った魚やら、売り物にならんようなこまか（小さな）魚を譲ってくれたんよ。あーちゃんはお金、ようもっとらんかったから、全部ただでね。そん魚を持って帰って、開いて干物にしたり、つけあげにしたりして、売り歩いたんよ」

「どうやって?」

「リヤカー引いてね、海知を乗せて、隣の集落にも行った。エッチラオッチラ峠を越えて」

「あーちゃん、あの峠を越えて歩いたの?」

隣の集落との間には、はるか下に海を臨む、この島で最も高い峠がある。今は道路も整備されて、車も行き来できるが、昔はよほどに大変だったのではないだろうか。

「大丈夫だがね。昔は小学生でも、歩いてこの集落まで通学してたんよ。ほんでそのうち、あーちゃんのつけあげやら、一夜干しの魚を喜んでくれるお客さんも増えてね、それを励みに頑張ってるうちになんとか生きてこれたってわけよ」

私は、あーちゃんの話を聞いてて、涙が出そうになったが、センチメンタルなことが嫌いなあーちゃんに対して失礼だと思い、悟られないように平静を装って言った。

「あーちゃん、すごく苦労したんだね」

するとあーちゃんは少し強い口調で言った。

「あんなんは、苦労なんかじゃなかがよ。苦労のうちには入らん!」

私が驚いた様子で聞いているのを見て、あーちゃんは小さい声でつぶやく。

「やっぱり昔話は湿っぽいね〜。あーちゃん、センチメートルは嫌いだよ」

あーちゃん、そこはセンチメンタルね、と心の中で小さくツッコんだ。

それにしても、夫を失った女性が幼子をかかえ、魚を加工して、リヤカーで行商に出る。それが苦労でないなら、何が苦労なんだろう。当時はもっと大変な人たちもいたのだろうか。まったく想像もつかない。あ〜、ダメだ。私にはキャパオーバーだ。私は、畳の上に大の字に寝っ転がってため息をついた。

しかし、あーちゃんの言葉の意味がわかるのにそう長い時間はかからなかった。

親子の境界線

お寺の梵鐘が鳴り始めたので、それを合図に私は家を出た。あーちゃんが持たせてくれたお重を抱え、お寺への道をゆっくり歩く。こんな格好で大丈夫だったかな？　一枚だけ持ってきていたワンピース。島でワンピースを着ることはないだろうと思っていたけど、法事とかに参加する可能性を考えて、キャリーケースに最後に入れたものだった。ワンピースの色は水色。襟元はスクエアネックになっていてウエストを紐で絞るタイプのものだ。

「杏ちゃんはほんに何着ても似合うね〜。その色は杏ちゃんの肌の色によーく合っとるし、首も長う見えるよ。モデルみたいにスタイルが良くて、その形がよく映えとるわ〜」

あーちゃんは私が何を着ても褒めるが、このワンピースは格別にべた褒めだった。家を出る前にこう言われて、私はちょっと自信が持てた。

夏の夕方は昼間と変わらず明るいが、日差しは緩んでいて、なんとなくほっとする。所々、家の前に水を打った跡があり、土の匂いが立ち上っている。この匂いは嫌いじゃない、と私は思った。

「どこ行くの〜?」

酒屋のおばさんに声をかけられて、しどろもどろになる。あーちゃんからは『『どこ行くの〜』は、ここの人たちのあいさつ言葉」と教えられたが、なかなか慣れない。「は〜い、こんにちは」でいいのだそうだが……。

そうこうしているうちに、鐘撞きの終りをあらわす、間隔の短い二つの鐘の音が「ゴーン、ゴーン」と鳴った。

明法さんは自宅へ戻るだろう。私は、あーちゃんから教えられた通りに自宅の玄関までやってきた。あ〜、緊張する。呼び鈴を押すこの瞬間。人の家に行くときにはいつもそうだ。決心してくるまでは何とか頑張るが、呼び鈴を押す瞬間は、本気でこなきゃよかったと思う。

「ドンピシャ!時間通りだね」

驚いて振り向くと、私の後ろに香雪が立っていた。次の瞬間、足にヌルっとした感触がした。ぞわっとして、下を見ると、犬が私を見上げている。私の足を舐めていたのだ。私は香雪を見ていて、そばにいる犬には気づかなかった。こんなふうに私の認知できる視野は狭い。

「ああ、申し訳ない! コラ、挨拶もなしに足を舐めるとは、失礼なやつだなあ。クマ、おすわり!」

そう言って、香雪は犬を座らせた。

「こいつはクマ、猟犬だよ。よろしくお願いします」

私は、緊張と驚きとで、一言も発せなかった。でも、おとなしくお座りをして、尻尾を少しだけ動かしながら私を見上げているクマの目を見ると、自然に自分の表情が緩んでいくのがわかった。茶色い短毛の中型犬だ。

「よろしくね、クマ。ちょっとビックリしたけど大丈夫」

私はクマの頭を撫でた。玄関が開いて、明法さんが顔を覗かせた。

「お二人さん、そんなとこで立ち話してないで、上がったら?」

明法さんは、Tシャツに短パンというラフないでたちで、いつもと全然違う。ごめんくださいも、お邪魔いたしますも、お招きいただきありがとうございますもないまま、私は香雪とクマに引き入れられるようにしてバタバタと家に上がった。香雪が、クマを拭いたり、家の中にあるケージに入れたり、餌をあげたりするのを手伝った。手伝いながら訊いてみる。

「猟犬って言ったけど、猟をするの?」

「ああ、俺はしないよ。こいつにさ、猟犬の血が流れてるって意味だよ。屋久島に昔からいる犬で、賢いんだぜ」

「えっ、そうなの? 他の犬とどんなふうに違うの?」

私はにわかに興味が湧いた。元々犬や猫は好きなのだ。香雪は、私の様子に気づいたようだ。嬉しそうに説明し始める。

「日本犬ってのは、基本的にワンマン犬で、特定の飼い主だけに忠誠を示すタイプが多いんだ。忠犬ハチ公が有名だろ? でも、屋久島の犬は、ああ、屋久犬《やくけん》っていうんだけどさ、人間そのものに忠誠を示す特性があるんだよ。だから人を噛んだって聞いたことはないし、素直でとても飼いやすいんだよ」

「へ〜、じゃあ、私にも懐いてくれるかな?」

「もう懐いてるよ。デレデレしやがってさ、コイツ!」

香雪は、ケージ越しにクマの頭をゴシゴシと掻いた。

それにしてもさっきから気になっていることがある。よくドラマで出てくる、事件や火事などが起きた時の「立ち入り禁止」の黄色いテープが、家の壁や床、空間にも貼られているのだ。どう質問していいか私が考えあぐねていると、隣の部屋から明法さんが呼ぶ声が聞こえた。

「用意できたよ〜」

香雪について行ってみると、カウンター越しにキッチンが見えるリビングだった。リビングの床は、東京のマンションのようなフローリングではなく、木目や節がそのまま残っている気持ちの良い板張りになっている。真ん中にどっしりとした丸テーブルが置かれ、座布団が三枚敷かれていた。二人は忙しく、キッチンとリビングの間を行ったり来たりして、料理を並べている。

「あの〜、これ、あーちゃんが、じゃなくてうちの祖母が揚げた……つけあげです」

私は、お重をテーブルの空いている所に置いた。

「お〜、それは嬉しいな!」

明法さんは早速お重の風呂敷を解いている。蓋を開けると、一段目にはポテトサラダと山菜おこわが詰めてあった。さすがあーちゃん。二段目には、月桃の葉を敷いて、二人で作ったつけあげと巻き卵がいれてある。巻き卵というのは、ゆで卵をミンチで巻いて揚げる和風スタッフドエッグのようなものだ。

「うわ〜、すごいな！　うちの料理がかすんじゃうぞ、なあ香雪。僕はこのクジャクが好きなんですよ」

明法さんは無邪気に喜んだ。巻き卵は、切ったときの断面が、クジャクの羽の模様に似ているため、「クジャク」ともいうらしい。パパもそう言うので知っていたのだが、私は一瞬、巻き卵のことをクジャクと言う明法さんに違和感をおぼえた。明法さんって、屋久島の出身じゃないのかな。

「おっまたせ〜！」

香雪がキッチンからお皿を手に出てきて、私の疑問はかき消された。

「香雪君の芸術作品ですな」

明法さんがそう言っただけのことはある。今日はまた、格別だな〜」

「香雪君の芸術作品ですな。今日はまた、格別だな〜」

明法さんがそう言っただけのことはある。ガラスの皿には、白い刺身が規則正しく並べられていて、所々に、大葉が挟みこまれ、細かくきざまれたネギやみょうがが品よく盛られていた。そして皿の横には小さな紫のブーゲンビリアが飾られている。作り手の繊細さを表しているようだった。

「すご〜い！　きれい！」

「綺麗なだけじゃなかですたい。食べてみんしゃい」

香雪の言葉には、どこの言葉かよくわからない方言がよく混ざる。食卓は「仕入れも捌きも香雪」の刺身に、明法さんが腕をふるったという夏野菜の麻婆茄子、私とあーちゃんの合作？料理で賑やかになった。飲み物は、私にはジンジャーエールを用意してくれていた。香雪はコーラ、明法さんはビールで乾杯した。明法さんの顔はもう判別がつくようになっていたが、あーちゃんちの五右衛門風呂に浸かっているような暖かい雰囲気はずっと感じている。よく見ると二人の顔は似ているところがあることに気づいた。

「おふたりとも笑うと、ここにえくぼが出るんですね」

私は、自分の頬骨の辺りを指さして言った。これは鬼えくぼと言うらしい。

「親父がえくぼとかって、気持ちわりーな！　俺のは可愛いけど」

「俺は、お前に似てるのがイヤだ」

「なに言ってんの。逆だよ！　俺が仕方なしに親父に似たんだろ」

私たちはげらげら笑った。二人は、お互いに認め合ったり、けなしたりするが、どれも自然に感じた。最近特にピリピリムードだった私の家族とはまったく違っていた。あーちゃんの料理しか食べられない私だったが、このアットホームな空気の中にいて、それは少し和らいでいる。

「まずは塩でどうぞ」

香雪は、小さな皿に、刺身を二切れ取り分けてくれ、別の皿に塩を乗せて手渡してくれた。実は、私はいろんな食材や味の混ざったものが苦手だ。だから刺身は好んで食べるほうだが、塩で食べたことはない。私は「いただきます」と言って、手で少しだけ塩を振った刺身を、おそるおそる箸でつまんで口に入れた。えっ？　これ何？　塩をかけただけなのに、甘くてコクがあって、上品な味がした。私はしばらく何も言葉にできなかったが、私の反応は香雪を満足させたようだった。

「な、うまいだろ？」

「すごい美味しい！　食べたことない味。甘さが続いてる……」

「二〇日寝かせたんだ。アカジョウ恐るべし、だね」

「どれどれ、俺にも一切れ」

待ちきれないというように明法さんが言って、刺身に手を伸ばしている。それから私たちは、それぞれの料理を楽しみ、褒めあった。私は、明法さんの麻婆茄子も食べられた。

私は好き嫌いが激しいと思ってたけど、楽しく安心できる雰囲気の中では意外と食べられるのかもしれない。だから、あーちゃんの料理は大丈夫なんだ。謎が少し解けたような気がした。そのことに気づいたのが嬉しくて、思わず二人にそれを話すと、二人とも興味をもって聞いてくれた。明法さんが、

「ここも、杏ちゃんの安心な場所に加えてもらって光栄ですよ」

と言ってくれた。私は、気分が良くなって、気になっていたことを訊いてみることにした。

「あの～、いろんな所に黄色いテープが貼ってあるのはどうしてなんですか？」

二人は顔を見合わせて、どっちが答えるか探りあっているようだったが、香雪が先に口を開いた。

「あれは親父と俺の境界線なんだよ。おふくろが家を出て行ったとき、俺たちけっこう揉めたんだ。どっちが洗濯をするか、ご飯を作るか、掃除をするかやなにかでね。今まで当然おふくろが

してくれていたことを、二人でやらなくちゃならなくなったんだ。しばらくはケンカばっかりしてたよな？」

「そうだったな。俺は片付けが大の苦手だし。香雪が片づけるそばから散らかしまくってた」

え〜。明法さんが散らかし魔？　信じられない。

「俺は、良かれと思って、片付けとか掃除を頑張ってたんだけど、親父はそれを求めてないってわかったんだよ。それで、お互いに干渉しないルールをつくったんだ。親父は親父のスペースを思う存分散らかして、好きなように生活すればいいって。その代わり、共同のスペースには物を置かない、散らかさない、汚さないってルールにした。それで、個人のスペースと共同のスペースをテープで仕切ったんだ」

そうなんだ。だから、部屋を横断するように貼ってあるテープもあるんだ。黄色いテープの向こう側はいろんなものが置いてあるけど、お手洗いまでの通路には何もない。

「そうそう。俺はね、杏ちゃん。散らかっててもあんまり気にならないタチでね。だから、香雪が掃除を頑張ってくれてても、感謝するとか、じゃあ代わりにご飯作るよ、みたいな、持ちつ持たれつ的な関係は築けないいんだよ。だから相手に期待するのはやめて、お互い自立しようってことになったんだ。黄色いテープはその証だよ。俺と香雪の心の境界線でもある」

心の境界線。この言葉がずしんと響いた。

「俺も親父も自分の物は自分で洗う。洗濯機に仕切りは付けられないけど、冷蔵庫の中には黄色い仕切りがあるよ。基本、うちでは、自分の食べるものは自分で食材を調達して、自分で作るんだ。だから食材もそれぞれ保管してる」

私は冷蔵庫の中を見せてもらった。は〜、なるほど。冷蔵、チルド、冷凍に至るまで、黄色いテープの貼られた仕切り板が真ん中に設えてある。明法さんのほうにはビールとか、おつまみ系のもの、野菜とか、肉、魚などの食材。香雪のほうには、すでに切ってある袋入りの野菜、味付けてある焼くだけの肉、自分で突いてきた魚の切り身、プリンなどのスウィーツが入っていた。すごい。こんなに仲が良いのに、実際にはお互い干渉し合わず生活しているなんて。私はなんと言っていいかわからなかった。ショックを受けたと言ったほうがいいだろう。そんな私の姿を見て、香雪が言った。

「とはいっても、物々交換で、今日のように時間が合えば、お互いの作った物も食べるんだよ。な、親父」

「うん。料理は俺のほうが上手いから、お前が得してるよ」

「なに言ってんだよ！　超うまい刺身は俺がいないと食べられないだろ」

「その通り！　感謝してますよ、香雪君」

私たちはそれからも、楽しくおしゃべりをした。香雪の好きなカエルとか、石亀とか、あらゆる昆虫類を飼った話、香雪が学校でよく行方不明になっていた話、つい最近もバイクで夜釣りに行って二四時間帰って来なかった話などを聞いた。香雪が「腐るほどある」と言っていた意味がわかった。驚いたり、あきれたり、感心したり……。ほんとうに楽しくて時間が過ぎるのが速く感じた。明法さんは、杏ちゃんがいると楽しいね〜と言ってしたたか飲んでいる。自分のことをネタにされてはいたが、香雪もよく笑っている。

私はというと、いろんな気持ちが行き来していた。とても素敵な親子だと感じ、二人のことがより好きになった。それと同時に、私の家族のことを考えさせられた。さっき明法さんが言った「心の境界線」……。パパもママも私も、きっとお互いに勝手に期待して、知らないうちに依存して、そして裏切られたような気持ちになって、お互いに失望していたのかもしれない。心の境界線が混乱して、あやとりの毛糸がこんがらがっているようなイメージが浮かんだ。

「そう言えば、明法さん、今年最初にお会いした時、私に大きくなったねって言ってくれましたけど、以前会ったことありましたか？」

私は訊いてみた。

「何回か会ってるよ。最初に会ったのは、花祭りだね」

花祭りというのは、四月八日のお釈迦様の誕生を祝って行われるお寺の行事だ。お花で飾った小さな御堂の中に桶を置き、その中にお釈迦様に見立てた仏像を入れて、それに甘茶をかけて祝う。この集落では、その年に生まれた赤ちゃんを連れて、何家族もが一同に会し、皆でその誕生を祝ってくれる行事になっている。明法さんは、別の部屋へ行って、ごそごそとなにかを探しているようだったが、アルバムを持って戻って来た。

「花祭りでは、必ず集合写真を撮ってるから、杏ちゃんも写ってると思うよ」

私たちは、アルバムをめくりながら、二〇〇〇年度を探した。

「あ、見つけた！　ママだ。これ、私の母です。抱かれているのが私？　わ〜、けっこうおデブだな。後ろのほうに……あーちゃんもいる。あーちゃん、若い！」

あーちゃんは、黒い紋付の着物を着ていた。

「あ〜、幸恵さん、ホントお若いね！　幸恵さんの時代のもあったかもよ。探してみようか？」

「え〜っ！　そんなに古いのもあるんですか？　あるのならぜひ見てみたいです」

私は、ママの歳を計算して、一九七〇年度と伝えた。明法さんは、お寺の保管庫に探しに行った。私と香雪は、テーブルの上を片づけたり、クマをケージから出して遊んだりして待っていた。

「杏ちゃん、あったよ。これにきっと写ってると思うよ」

明法さんが嬉しそうにそう言いながら戻ってきた。早速アルバムを開いてみる。長年開かれてなかったのだろう。アルバムのページをめくるたびに、カビと埃の匂いがし、パリパリという音を立てた。私は、破損させないように、気をつけて扱った。一九七〇年度、これだ！　私は、セピア色に変色した写真を見つめ、あーちゃんとママを探した。

「これじゃないかな？　きっとこれだと思う」

あーちゃんの若い頃の写真はほとんど見たことがなかったから、確実とは言えなかったが、たぶん間違いない。やはり黒い紋付の着物を着て、赤ちゃんを抱いている。ママは二月二十八日生まれだから、四月八日の花祭りには、ほとんど一カ月児だったろう。あーちゃんは、顔も見えない赤ちゃんを横抱きにしていた。

「うんうん。幸恵さんだね。おそらく、この人が幸恵さんのご主人だよ」

明法さんが指さした先には、やはり着物を着て、肩幅が広くひときわ背の高い人が写っていた。

「じいちゃん……」

間違いなくじいちゃんだ。鴨居の上の写真にくらべると、こちらの写真のほうが、ラフな感じで笑っていて、じいちゃんが身近に感じる。

四十年以上も前に、私の知らない世界があって、あーちゃんとじいちゃんと小さなママが生きていた。私は、写真の中の三人を静かに指でなぞる。あーちゃんが今日の午後、語ってくれたことが、自分が体験したことのようにありありと感じられた。

「幸恵さんは、ご主人を亡くされて、ずいぶん苦労されたって聞いたことがあるよ」

明法さんが言った。

「あーちゃんにとっては、苦労でもなんでもなかったそうですよ。私にはどうしてだかわからないんですけど」

私はそう答えながら、さらに年度の旧いほうへページをめくった。一九六六年度。あれっ？　一瞬、デジャブのような感覚を感じた。あーちゃん？　さっきの写真と同じ姿で同じように赤ちゃんを抱いているあーちゃんが写っている。急いで後ろのほうを確認すると、じいちゃんも写っていた。どういうこと？

「ねえ、明法さん、これどういうことですか？　ここにもあーちゃんが写ってるんですけど」

「えっ？　そんなはずはないよ。写真が重複してるのかな？」

明法さんはそう言って、私から自分のほうへアルバムを引き寄せた。

「昔のことだからね～。整理する時に間違えたのかもしれない。今度確認しておかないとな～」

そう言いながら、そそくさとアルバムを持って行ってしまった。写真は明らかに違うものだったと思う。何か私の知らない、もしかしたらママさえも知らないことがあるんじゃないのだろうか……。私は、あーちゃんの秘密を垣間見てしまったような気がして、胸がドキドキした。

ずいぶん長い時間お邪魔していたことに気づいて、私は立ち上がった。ほんとうに楽しかった、また来たいですといい、玄関を出た。香雪とクマが家まで送ってくれている。

私はあーちゃんの、もう一枚の写真のことが気になって仕方なかった。いつもあっけらかんとしたあーちゃんに、私の知らない秘密があるのかもしれない。

私が黙りこくっていると、香雪が話しかけてきた。

「あの写真のこと、気になってるんでしょ」

私が驚いたように香雪を見上げると、それには気をとめず
「杏、見てみろよ。月が綺麗だぞ」と言った。

空を見上げてみると、ニコッと笑った口のような月が光っていた。香雪、私のこと気にしてくれてたんだ。

「可愛い月。大丈夫だよって、言ってくれているみたい」

「まっ、いろいろあるんでないの？　生きていれば」

香雪は物のわかったような言い方をした。いつもならウザいと感じるようなセリフだが、香雪

が言うと、なぜか優しく響く。

「そうだね。これは私には手に負えないことのようだから、しばらくは封印することにする」

私は、自分に言い聞かせるように言った。

「そのうちわかるさ、きっとね。それより、杏、ダイビングする気、ある？」

香雪は、私の顔を覗きこみながら言った。今ならすぐに答えられる。

「うん。ぜひやりたい！」

私たちは、次に香雪がダイビングのバイトに行く日に、私の体験ダイビングをさせてもらう約束をして別れた。

もう、十時を回っていたが、あーちゃんは起きて待っていた。居間の籐の椅子に腰掛けてテレビを見ていたが、私が、ただいま～と言うと、顔だけこっちを向けて言った。

「おかえり。楽しかったかい？」

私は、一瞬緊張したが、すぐにいつもの感じに戻った。

「すんごく！　また行きたいって思ったよ」

「案ずるより産むが易し、だね」

あーちゃんはそう言ったが、それは、あーちゃんがひとつひとつ丁寧に私の不安につきあってくれたからだ。

「あーちゃん、ほんとうにありがとう。なにもかもあーちゃんのお陰だよ」

私は、あーちゃんの隣にペタンと座り、改まったように言った。

「あーちゃん、なーんもしとらんがよ。杏ちゃんが良かったならそれが一番」

あーちゃんは私の腕をぽんぽんと優しくたたいてそう言った。あーちゃんの笑顔は、いつもどれだけ私を安心させてくれることだろう。素直にありがとうと言えるようになれたのも全部あーちゃんのお陰なのだ。あーちゃんにどんな秘密があったとしても、私にとってのあーちゃんはなんにも変わらない。

私は、アルバムのことは伏せて、明法さんちで見たこと、聞いたこと、感じたことをあーちゃんに話して聞かせた。あーちゃんは、私がそうだったように、驚いたり、感心したり（あきれたりはしなかった）して聴いてくれた。

「いい親子だね～。ほんでも、境界線なんて考えたこともなかったよ。冷たい関係にならんで暮らしていけるのが不思議だよ」

「誰かのために頑張ってたら、その人から認めてもらいたいとか、褒められたいとかって期待しちゃうんだって。こっちが勝手にやってるのにね。お互いにそういう期待をしないで、それぞれが自分のために生きてるって感じがしたよ」

「杏ちゃんは、自分のために生きてるかい？」

唐突にあーちゃんから問われて、どきっとした。まさに、さっきから私が思っていたことだったから。

「鋭い！　さすがあーちゃん、そこなんだよね……。香雪たちの話を聞いてて思ったんだけど、たぶん私、ママのために生きてたと思う……。ママが笑って喜んでくれることをしようと頑張ってた。だから、学校もしんどかったけど我慢して行ってた」

「でも、ママは杏ちゃんを褒めてくれなかったんやね」

「そう。ママは優しいけど、すごく喜ぶこともないし、すごく怒ることもなくて、いつもどこか遠くを見てる感じがする」

「そう……かい」

あーちゃんは、ポツリと言った後、しばらく黙っていた。そして意を決したように言った。

「ママと境界線を引いて、杏ちゃんは杏ちゃんの人生を生きるのがいい。あーちゃんもお寺の親子に賛成するがよ」

イソモンとモラ

ある日の夕方、お隣の花江さんがバタバタと駆け込んできて、私とあーちゃんはすっかり慌ててしまった。

「さっちゃん、明日大潮よ！　うっかりしてたわ。今日、生徒さんたちがイソモン採りに行く言うてたさかい、気がついたんよ！　もちろん行くでしょ?」

花江さんは、玄関との境の障子を開けて、居間にいる私たちのほうに身を乗り出すようにして早口でしゃべっている。

「え～、明日大潮って？　あいたた、こりゃ準備もしちょらんじゃったがよ」

あーちゃんはそう言いながら立って玄関のほうへ行き、花江さんとなにか話している。私は、にわかに興奮してきて、意味もなく部屋をあちこち歩き回った。

結局、私の磯足袋《いそたび》が用意できていないだけということがわかり、花江さんが生徒さんから二十四センチの磯足袋を借りてきてくれた。

磯足袋は、作業用におじさんたちが履いている地下足袋によく似た形のもので、靴の裏にはゴムのイボイボと金属のピンがついている。磯で滑らないためだ。私は借りてきてもらった磯足袋を履いてみる。ぴったりだった。あーちゃんと花江さんも、自分たちの磯足袋を、それぞれに下駄箱の奥から引っ張り出してきた。

「いややわ〜。だいぶん痛んでる。新しいの買っといたらよかったわ。あら、さっちゃん、よう似合うてはるわ」

「花ちゃんのは、立派なもんよ。どこも痛んでないがよ。花ちゃんはホントになに履いてもさまになる」

どういう会話？　磯足袋のコレクションじゃないんだから。私よりよっぽど女子トークしてるし。

「杏ちゃんも素敵やわ〜。スラっとして足の細い人が履くとこんなに違うんやな〜。おんなじ磯足袋とは思われへん」

「そんなことないですよ〜。花江さんこそ、海女《あま》さんみたいでかっこいいですよ！」

花江さんの甲高い声で褒めてもらい、結局私も褒め合い上手な女子トークに加わってしまった。とりあえず、磯足袋はそろった。

次の日はそれほどカンカン照りでもなく、いい具合に風も凪《な》いで、イソモン採りには絶好の日和になった。長袖、長ズボンに、麦わら帽子を被り、首にタオルを巻き、手には軍手をはめた。採った貝を入れる網の巾着袋と、貝採り用の鉄串。この鉄串は、七十センチほどの長さで、片方が尖った先端を釣り針のように曲げてあり、もう片方はマイナスドライバーを広くしたような形をしていて、これがないと貝採りはできない。そしてもちろん足元は磯足袋！　さらには、あーちゃんと朝から作った、簡単なお弁当。さて出陣！

海岸までやってくると、見事に潮が引いていた。いつもは海に隠れている海底や岩が丸見えになっていて、黄土色と茶色と深緑色の景色が広がっている。いつにも増して磯の香りがツンと鼻を突く。白波の立った波打ち際は、はるか遠くにあり、その向こうに空が見える。ぶるっと武者震いをする。たくさん採りたい。

「杏ちゃ～ん、怪我をせんように気をつけて採んなさいよ～！」

あーちゃんが少し先でこっちを向いて叫んでいる。

「りょ～か～い！」

私は、そろそろと近くの岩まで歩いて行った。尖った岩やごろごろした石などの上を歩くので、バランスをとるべく私は手を横に水平に上げる。ようやく手ごろな岩にたどり着き、巾着網を下に置いた。目の前の岩の裂け目にカメノテがくっついている。私は、やった～！　と独り言を言いながら、鉄串のマイナスドライバーのほうでカメノテを根元から引きはがしていく。面白いように採れた。さらに、島ではジンガサと呼ばれている松葉貝を見つけた。これも美味しいのだ！　今度は鉄串の反対側の釣り針状の先端を、貝のふちに引っかけて引きはがす。ところが、なかなかうまくいかない。おそらく最初に不用意に触れてしまったせいで、貝は異変を感じキューーッと吸盤のように岩にくっついてしまったのだ。そうなると貝殻を破壊しない限り取れることはない。

「あーちゃん、ジンガサはがれないよ〜！」

私は少し先の岩場にいるあーちゃんに叫んだ。あーちゃんは、顔を上げると笑って言った。

「最初の一発で採らんにゃ〜。降参して別のを探すがよ〜！」

え〜！　降参とは。悔しいなあ。くっそ〜！　次は絶対はがして見せる！と、にわかに闘志が湧いてきた。ジンガサ採りのキモは、ファーストコンタクトがすべてだ。ジンガサの縁に、そーっと鉄串の釣り針状の先端を引っかけるが早いか、素早く引きはがす！　そうすると、あっけないほど簡単に採れるのだ。私はこの方法でジンガサを制した。

ところが、イソモン採りは奥が深い。アワビを小さくしたような、黒っぽくて楕円形のイボアナゴもこのへんにはたくさんいて、このイボアナゴこそ、島の人たちに最も好まれる貝であり、イソモンとはときにこの貝を指していう。私は、イソモンに関してまったく歯が立たなかった。

途中で「あーちゃん、イソモン、どこにいるの、どこみてもいない気がするんだけど……。」と泣きついたとき、わざわざあーちゃんは私のところまできて、

「どれどれ……ほら！　ここにおるよ。……ここにも、あそこにもおるがよ」

と言って、岩に空いた穴の中を指さして言うが、私の目にはただ岩の穴があるだけで、イソモンの姿はみえない。

「どこ?」と訊くと、

「ここよ」とあーちゃん。

「ええ?　どれ」

「ここ、これよ」

岩から十センチも離れていない、あーちゃんの人差し指の先が示す場所を見ても、わからない。

「そのうち、わかるようになるがよ〜」と言って、あーちゃんがその穴に鉄串を差し込んで、ぐいっとひねると、ポロンとイソモンが出てきた。

「イソモン採り、おそるべし……」

熟練者の目には普通に見つけられるのだが、私のように、イソモン採り初心者にはとても難しい。私は同じ岩でずいぶん粘った。おかげで少しはイソモンが見つけられるようになり、三個ほど採った。

「杏ちゃ〜ん、そろそろお昼にしようか〜?」

あーちゃんの声が聞こえてきたときには、まさか二時間も経っていたとは思いもしなかった。

かなり沖のほうを移動していた花江さんも、いつの間にかあーちゃんの横にいる。二人ともこっちを見てニコニコというより、ニヤニヤしていた。

橋の下の日陰まで歩き、海に注ぎ込む川のそばでお昼ご飯になった。冷たい川の水で手を洗い、思い思いに流木や大きな石に腰掛けた。

「ほんま、杏ちゃんには驚かされたわ。あんだけ粘れるとは、びっくりやわ！　私なんて、動き回ってただけで、たいして採れんかったわ～」

花江さんは、自分の巾着網を私たちに見せながら言った。隣のあーちゃんの巾着網のほうが多いように見える。

「杏ちゃんは、私らが何べん呼んでも聞こえんようじゃったよ。よっぽど熱中しとったんじゃろ」

「ほんま、集中力ハンパないわ～！」

花江さんが、ハンパないなんて若者言葉を使ったので、三人でげらげら笑った。ニヤニヤの理由が判明。二人は私を何度も呼んだそうだが、私にはまったく聞こえていなかったのだ。

麦わら帽子を脱ぐと、頭全体が蒸されたようになっていた。結んでいたゴムを外すと、肩まで伸びた髪がバラッと落ちてきた。髪は、海から吹く風にさらさらとなびいて気持ちよく乾いていく。あ～、心地いい充足感。時間を忘れて何かに熱中したのって、いつ以来だろう。磯の香りに包まれて食べる、塩サバと卵焼きとおむすびのお弁当は、最高に美味しかった。

結局、イソモン採りの最多賞はあーちゃん、一番大きいイボアナゴを採った最大賞は花江さん、私はカメノテとジンガサ、それからイボアナゴ少々という結果に終わった。それでも私は満足していた。あーちゃんは、お昼からイソモンの処理をするつもりのようだ。今日は、三人でイソモンパーティーの予定。

「杏ちゃん、昼からうちに遊びにきいへん？」

帰り道で、花江さんから誘われた。私は、急に予定が入ったり、変更されたりといったことは苦手だ。相手がよく知っている花江さんでも、あまり関係ない。あーちゃんは何も言わず、私たちの前をスタスタ歩いていく。事情を知らない花江さんは続ける。

「杏ちゃん、手芸とかどうやろ？　今日、めっちゃ集中してはったから、手芸も向いてるかなって思ったんよ」

「家庭科でエプロンぬったくらいだから、私にできるかどうか……」

私は言葉を濁しながらも、もしかして花江さんの手芸の作品が見られるのかなと、にわかに期待が膨らんだ。自分が興味が湧くとなれば話は別だ。けっこう、現金なものだと、自分でもあきれた。

花江さんのうちは、別世界にきたようだった。家の間取りはあーちゃんちと同じ田の字の造りだが、一つの部屋以外襖は取り払われて、手芸教室になっている。大きくて長い木造の机が真ん中に置いてあった。おそらく作業台だろう。壁には刺し子やパッチワークのタペストリーが飾ってある。アンティーク調のたんすが並び、その上にも、たくさんの手芸作品がセンス良く配置されていた。日本風の刺し子と、ハワイアンキルトは基本、コーナーに分けて飾られているが、色や形によっては近くに置いてあるものもある。綺麗な模様のランプシェードや、アンティーク雑貨もアクセントになっていた。異質なもの同士がお互いを疎外せず、全体として調和のとれた空間をつくり出しているように感じた。

その中で、ひときわ強烈に私の目を奪い、心をつかんだ作品があった。真っ赤な布地に、黄色、オレンジ、青、緑といった原色がふんだんに使われ、鳥が画面全体に描き出されている。周囲には所狭しと、花や、真っ直ぐな線、迷路のような模様が描かれている。私は見たこともないデザインと色使いに圧倒された。その作品は、全体の中で異彩を放っていた。

「花江さん、これって？」

パッチワークともハワイアンキルトとも違う、私はその作品から目を離せない。

「これね、モラって言うんよ」

花江さんは静かに言った。いつもと違う花江さんの声のトーンに気づいて、私は花江さんを見る。

「これは、私の作品じゃないんよ」

え？　花江さんの作品じゃない？　しまった。私は、花江さんの作品には興味を示さず、そうでない人の作品に惹かれたことを申し訳なく感じた。私が下を向くと、花江さんは何かを察したように言った。

「いいんよ〜。な〜んにも気にせんで。ここではモラは教えてないから、私の作品は置いてへんだけ。これはね、死んだ私の夫が買ってきてくれたものなんよ」

「ご主人が？」

「そ！　むか〜しね、船乗りやった夫が、パナマに立ち寄った時にね。この作品を作ったんは、サンプラス諸島ってとこに暮してるクナ族の女の人」

「パナマ、クナ族……」

まったく見当もつかない所、想像もできない人々……。私はどう反応すればよいのかわからない。

「でも、不思議やわ〜。私もな、夫が買ってきてくれたこの作品を見た時、今の杏ちゃんみたいやった思うわ。感動した、ゆうんかな。それでな、どうやってつくってあるんやろ？　思って、裏を外してみたりして研究したんよ」

「え〜！すご〜い。花江さん、研究熱心なんですね」

「杏ちゃんほどやないけどな」

私は、右手を顔の前で左右に強く振って否定した。

「とんでもない、私なんて……」

「杏ちゃん、そこは、『お互いハンパないですね！』やろ？」

もうホントに花江さんにはかなわない。

その日の食卓は、三人で囲んだ。戦利品の貝を塩で茹でたもの、イボアナゴの刺身。それに香雪のくれたアカジョウの刺身もちょうど食べごろになっていた。アカジョウは、やはり洗練されていて品のある味だ。しかし、貝のコクは、ひと味違う。苦みがあるのが病みつきになる。あーちゃんと花江さんは、芋焼酎を飲みながら、陽気におしゃべりしている。酔いが回ったのかどちらからともなく踊り出した。私は、二人の踊りを見ながら、手拍子を打つ。そして、エンドレスで貝を食べながら、食べた貝の殻をどんぶりに入れていく。積み重なっていく貝殻を眺め、今日の勲章のように感じた。

初めてのダイビング

それからの数日は、あーちゃんとの朝のルーティン、少し勉強もして、ミンチとか燻製《くんせい》とかの保存食作りの手伝いなどをして過ごした。そうそう、花江さんからは、モラの作り方を教わり始めている。時々、香雪からラインが来て、山歩きや、クマの散歩にも一緒に行くことがあった。

山歩きの途中で私たちは野良猫を見つけた。去勢や避妊をしていない野良猫に餌をやってはいけないことになっている。どんどん野良猫が増えるからだ。しかし、私たちは、あまりにも痩せた猫が不憫で、キャットフードを買ってきて食べさせるようになった。

クマはほんとうにいい犬で、私の言うこともよくきくようになった。だが時々、鹿か、何か小動物の気配を感じた時は、本能が目覚める。クマはやっぱり猟犬なのだと思う。背筋がピンと伸び、獲物の匂いをたどって、ぐいぐいとリードを引っ張っていこうとする。

香雪はクマの散歩をするとき、山のほうへは行かず、海のほうへ続く道を選ぶ。山だと、クマがいつも鹿の気配を感じてしまい、ハンドルするのが難しくなるからだ。今日も、私たちはクマを連れて、浜辺に添った道路を歩いていた。

「この島の猟犬はね、鹿が地面に残した匂いを、むやみに追いかけたりしないいんだよ」

「ん？　どういうこと？」

「足跡だけではなくて、鹿の呼吸の痕跡を追って、最短の距離を直行するんだ」

香雪は「直行」と言うところで、山のほうをビシッと指さして言った。

「すご～い！　かっこいいね、クマ！」

私がクマの頭をなでると、クマは目を細めて、笑うように私を見上げた。

そうこうしているうちに約束の体験スキューバダイビングの日がやってきた。私は朝からとても緊張していた。

香雪が迎えに来て、私たちは歩いて、ダイビングショップへ向かった。ダイビングショップは集落のはずれにあった。外観は、瓦屋根の小さな普通の家だ。私は少しほっとした。ところがそこから、三十代くらいのチョコレート色に焼けた、金髪の男の人が出てきたのにドキッとした。私の身体は、驚いてこわばってしまった。私は、自分の予想を超えたことがほんとうに苦手だ。

「やあ、杏ちゃんだね。話は聞いてるよ。こう見えても、香雪はＰＡＤＩのライセンスを持ってるプロだから安心していいよ」

チョコレート色の人が言った。パディかパティか知らないけど、とにかくすごいってことでしょ。そういうことに丁寧に感心する余裕がないほど、緊張が高まってきている。私の悪い癖、こなきゃよかった、帰りたい病が顔を出し始めた。

チョコレート色のインストラクターが、ガイドブックを開いてすごく丁寧に話をしてくれている。なのに何にも入ってこない。どうしよう。あんなにやりたかったことなのに、そこまでの道のりが遠く感じて、一ミリもできる気がしない。チョコレート色の人の声がどんどん遠のき、ここにいるのに、ここにいない気がしてくる。ああ、私もう無理かも……。その時、香雪の声がして、はっと我に返った。

「俺に任せてもらっていいですか？」

香雪はチョコレート色の人に向かってそう言った。そして、自分の両手で私の両手を握って、「杏、息をして」と言った。え？　私、息をしていない？

「すー、はー」「すー、はー」

息をしようとすると息ができない。肩ばっかり上下して、吸うと震える。香雪はゆっくりと「吸って〜、吐いて〜」と繰り返してくれていた。香雪の目を見て、その言葉を聴いていると、震えが止まり、息が整ってきた。少しずつ気持ちが落ち着いてきたのを感じる。冷たかった手に血が戻ってくる。

「周りを見て。何が見える？」

香雪が言う。私は、頭を動かしてぐるっと周りを見渡した。チョコレート色の人がいる。壁に海の中の写真が貼ってある。窓の外は明るい。目の前に香雪がいる。私はここにいる。

香雪は私を真っすぐに見て言った。

「もう大丈夫そうだ。杏、することは三つだけ。なにがあっても俺がついてる。これから、その三つを教えるけど、やれそう？」

「うん、わかった。やってみる」

私は頷いた。逃げたくない、香雪がいてくれる状況でやらなかったら、私は一生ダイビングはできないだろう。私は、そう心に決めた。

香雪が教えてくれたのは、レギュレーターの息を止めないこと、マスクに水が入った時に、上を向いて鼻から息を出しマスクの中の水を外に出すこと、水圧がかかってきたとき、耳抜きをすることの三つだった。

あとは全部俺がしてあげるからなにも考えなくていい、と言ってくれた。レギュレーターをくわえ息をする練習、鼻から息をぷっと吐いてマスクから水を出すシュミレーション、それから、鼻をつまんでウッと耳に圧をかける練習を繰り返す。そのあとで海の中で指示や合図を出す手の形を教えてもらった。いつもなら、香雪がチョコレート色の人のサポートをして、ウェットスーツや、ボンベなどを用意するのだろうが、今日は主従関係が逆になったようだ。香雪が私にレクチャーしてくれている間、ここの主人が、かいがいしく動いてくれていた。

私たちはウェットスーツに着替え、車にいろんな機材を積み込んで、いよいよ海へと向かった。ドキドキするが、隣に香雪がいてくれるし、するべきことは三つだけだ。何とかなりそうな気がしてきた。チョコレート色の人から腰にたくさんのウェイト（おもり）をつけてもらい、ボンベを担ぐのも手伝ってもらった。

「いってらっしゃい」

私と香雪は二人で石のごろごろしている海岸を歩く。

「杏、見てごらん」

下ばかり見ている私に香雪が声をかける。香雪が指し示した先は、私たちが今から向かう海だ。今日は曇っているせいか海の色も濃く鈍い色をしている。山に囲まれて小さな湾のようになっているこの場所は、ダイビングにはもってこいのポイントだそうだ。

「緊張して海を見る余裕もなかったよ。視野が狭いと心の視野も狭くなるんだね」

「今、見渡してどう？」

「少し、目が開いた感じ。深呼吸しようっと」

私はそう言って、大きく息をした。

「大丈夫だよ。マスクをしたら、みんな視野は狭くなる。きょろきょろするしかないからね。杏はいつも通りってわけ」

香雪は時々こういう憎まれ口をきくことがあるが、今はそれを聞いて反対に安心できる。

私たちは浅瀬でフィンをつけ、足の着くあたりで、さっきの三つの練習を何度かやった。そして、少しずつ海の中へと潜っていった。途中何回か、マスクの水が出せなくて、上へあがる合図をして水面へ上がった。香雪は根気よくマスクの調節をしてくれた。息をすることと、耳抜きはけっこう上手くやれている。背中のボンベが時々、頭のほうへずり落ちてくる感じがあったが、体勢を整えてなんとかバランスを保てた。香雪は常に私の横や後ろにいて、ＢＣＤ（浮力を調整する装置だとあとから知った）を操作したり、私の身体の方向をそっと変えたりしている。私たちは海底に沿って、徐々に深く潜っていく。

香雪がしきりに何かを指さしている。魚の群れだ！　みんなで同じ方向に泳いでいる、骨が透けて見える！　テレビでは見たことがあるけれど、ホントにこんな光景があるんだなあ。香雪が海中でも書けるマグネットのボードに、「カマス」と書いて見せてくれた。私たちはさらに進んだ。

香雪は、海の生き物が見えるたびに、私に教えてくれた。紫色の胴体に黄色い花冠をあしらったようなウミウシ。まるで、この世の奇跡のような可憐さで、岩の上に張り付くでもなく、ふわっと乗っている。ずっと見ていたいと思う。

香雪が目の前に来て、鼻をつまむ動作をする。耳抜きをしろということだ。私は練習した通りに鼻をつまんでクッと耳に圧をかける。そして、指を使いＯＫサインを出した。香雪もＯＫとサインを返してくれる。私たちはさらに深く潜った。ただ息をして、足を動かして。

しばらく行くと香雪が掌で、止まれの合図をした。私たちは目の前の岩につかまって、動きを止めた。「アオウミガメ」と香雪がボードを見せてくれる。少し右を見ると、すごい！　こんなに近くでカメが見られるなんて。テレビの映像なんかじゃなく本物なんだ！　私は壮大な臨場感につつまれ、カメを眺めていた、なにも考えず、ただ息をしながら。パチパチ、カチカチという、海中に響く美しい音が聞こえていた。

香雪が、親指を立てて、浮上する合図を送ってきた。ずいぶん時間が経っていたようだ。香雪は私を誘導し、もときた道を戻るように海底に添って泳いだ。いつの間にか、足がつくところまできていた。陸に上がってフィンを外し、歩き出すと、ボンベがズシリと重い。身体も急にだるく感じ、私はのろのろと歩いた。チョコレート色の人が、弾んだ声で出迎えてくれる。

「お帰り～！　どうだった？　けっこう長く潜ってたね。香雪がついてるから心配はしてなかったけど」

「初めてにしては上手かったですよ。耳抜きもスムーズだったし、泳ぐ姿勢もきれいでしたよ」

わ～私、香雪に褒められてる！　初めてにしては上手いほうなんだ。なんだか嬉しい。チョコレート色の人が、ボンベや器材、ウェイトを外すのを手伝ってくれながら、話しかけてきた。

「香雪が褒めるなんて珍しいよ。杏ちゃん、自信もっていいよ。あんなに緊張してたのに、すごいね～簡単だったでしょ」

「簡単とは思いませんでしたけど、なんとかやれて良かったです」

「怖がってた人ほどハマるのよ、この世界は。海の中綺麗だったでしょ？」

「はい、とても。」

チョコレート色の人と話しながら、意識のもう片方で、私はまだ海の底にいるような感覚の中を漂っていた。なにも考えず、ただ息だけをして、そこで生きている命とともにいる……。そのことが、私にはなによりも心地良く、自分が丸ごと自分で生きていられる場所のように感じた。

実際私は、チョコレート色の人、通称ノブさんの言った通りになった。私は、海の魅力に取りつかれ、中毒のように海に入りたくなって、三日と空けずダイビングに行くようになった。香雪がバイトの時はもちろんのこと、ノブさんとも潜った。この私がこんなに積極的に活動するなんて、あーちゃんも驚いていたが、一番驚いているのは私自身だ。潜れば潜るほど楽しくなり、怖さも薄らいだ。水深も最初は六メートルくらいだったが、二十メートルくらいまで行けるようになった。深く潜ると、海の色も暗く濃くなり、生息する魚の種類も変わってくる。香雪がスマホで見せてくれたアカジョウも、本物を見ることができた。海中の主さながらのアカジョウは迫力があり、思わず頭を下げて、「お邪魔してすみません」と言いそうになったくらいだ。甲殻類の立てる音らしい、パチパチカチカチという音も、深く潜ると次第に聞こえなくなった。遠くで聞こえていたゴーッという潮のぶつかる音も聞こえなくなり、レギュレーターを通した自分の呼吸の音だけになった。

私は夢を見ていた。海の中の人魚になった夢だ。人魚になって、一人で不安で寂しくて、人間に戻りたいと思いながら、海の上に浮かんでいる。遠くに昔の帆船のような大きな船が見えて、私は泳いで近づいて行った。船の上に何人かの人が見える。あの中に王子様がいるのだろうか？私は少し離れたところから甲板を見上げてそう思っていた。誰かがこちらに手を振っている。その人は甲板を移動して、船に取り付けられた縄ばしごを降りてきている。私はその人のほうに泳いでいった。その人は、縄ばしごの一番下まで降りて、右手を私に差し出していた。……この人が王子様なのだろうか？　私を助けてくれるのだろうか？　そう思った次の瞬間、……ああ、でも私、人の顔が覚えられなかったんだ、どうしよう！と不安がよぎる。しかし私は、まるで、初めからそうするしかなかったように、必死にその人の差し出した手を握った。

そこで目が覚めた。午後からダイビングに行き、心地いい疲れとともに眠ってしまっていたようだ。もう、夕方だった。あーちゃんは、お風呂を焚きに外に出ているのかな。今日の風呂焚きは、私の番だったことを思い出し、私は寝ぼけ眼をこすりこすり、外に出た。

　つくつくぼうしが鳴き始め、頭にワーンと響いてきていた蝉の声も、少しずつさま変わりしていることに気づいた。

「あーちゃん、ごめんね。寝ちゃってた。風呂焚き代わるよ」

　私は、まだぼんやりした頭でそう言った。

「そうかい、じゃああとをお願いしようかね。だいたい火はついたから、あとは薪を足していけばよかよ」

「うん。わかった。あーちゃん、先にお風呂入っていいからね」

　私は、そういって、焚口の前にある小さな切り株に腰掛けた。今年から少しずつ見よう見まねで風呂焚きを覚えている。あーちゃんと一緒に五、六回練習したあと、交替で焚くようにしたのだ。大きい薪に細い薪が組み合わされて、薪はいい感じに燃え始めていた。

　風呂の焚口に薪をくべながら、私はさっきの夢のことを考えていた。スマホで「夢占い　人魚」と入れて検索してみる。現実逃避とか、現実的でない恋とかが出てくる。恋という文字を見るとドキッとした。香雪の顔が浮かんできて、胸のあたりが苦しくなった。現実的でないってどういうことだろう。現実逃避は、まあ、してるかもなあ……。陸に上がる人魚なら、地に足がつくという意味があると書いてある。でも、陸にはあがってないしなあ。私は、検索しまくったが、結局よくわからなくなってスマホを閉じた。大きな薪が赤黒く光っているから、火は安定している。私はその上に隙間を空けて新しい薪を載せた。

お湯を流す音がして、あーちゃんが、お風呂に入ってきたことに気づいた。

「あーちゃん、湯加減どう?」

「ちょうどいいよ〜」

あーちゃんが気持ちよくお風呂に入るための仕事が、私にもできるようになったんだなあと、しみじみ感じる。

あーちゃんは、しばらく湯船に浸かっていたようだったが、壁の向こうから私に話しかけてきた。

「杏ちゃん、お盆に海知が……ママがくることになったがよ」

「えっ?　ママが来るの?」

私はドキッとした。急に現実に引き戻されたような気持ちになった。

「そう。あーちゃんが呼んだんよ」

あーちゃんは、そう言ってしばらく黙っていたが、こう続けた。

「あーちゃん、杏ちゃんと海知に話さんといかんことがある」

あ、あの写真のことだと、私にはピンときた。ここのところ、ダイビングに夢中になっていてすっかり忘れていたが、あの時、お寺で花祭りの集合写真を見た時の、時空がぐにゃりと歪むような感覚が思い起こされた。胸のあたりがスーッと冷めていく。それでも、思い切って訊いてみた。

「あーちゃん、話さないといけないことってなに?」

「そうだね〜。あーちゃんがどんなに悪人だったかっていうことかね〜」

私はそれ以上何も言えなくなり、薪の火を見つめたまま黙ってしまった。あーちゃんもうなにも言わなかった。コトリと音がして薪が崩れ、火の粉が飛んだ。私は、新しく薪を足した。

「クィッ、ホッホー、クィッ、ホッホー」

蝉の声はやんで、どこかでコノハズクが鳴いていた。

親子猫

次の日私は、香雪を誘って、山に散歩に行った。夢のことはともかく、お盆にママが来て、あーちゃんがあの写真に関する話をするらしいということを、香雪と共有したかったのだ。

山道の入り口で私が待っていると、香雪がランニングスタイルでやってきた。遠くから見ると、細身だが海でよく鍛えられたしなやかな身体つきをしている。無駄な筋肉がなく、とても姿勢が良い。私は視野が狭いので、こんなふうに遠くから眺めないと、その人の全体像が見えてこない。香雪はカッコいい、と改めて感じた。

「な〜に、見てんの？　俺から目が離せなくなったんだろ？　カッコイイ〜ってね！」

香雪は、「カッコイイ〜」と言う時、女子がするように、グーにした両手を口元に当てる。香雪が言ったことが、私には図星だったため、なにも言えずうつむいてしまった。私がなにも言い返さないので、香雪は、

「ぽとん」

と言った。

「杏に受け止めてもらえず、俺の言葉が落ちた音」

「え……なに?」

私は少し笑った。そして地面から「香雪の言葉」を拾う仕草をして、それをボールのように山のほうに向かって投げながら言った。

「カッコイイよ〜、香雪君! 見とれてた〜!」

「おいおい、どこに投げてんだよ! 俺に向かって投げろっつうの!」

私たちは笑った。こんななんでもない会話がとても楽しい。道の脇には、鮮やかな朱色のヒメオウギズイセンが咲いている。すでに立秋を過ぎ、昼の時間は短くなっているのに、暑さだけはなかなか和らぐ様子がない。空はよく晴れていて、里山の遠く向こうに、もくもくと立ち上がった白い雲がのぞいていた。

私たちは山道の、森の木々が落とす濃い影を、自分たちで「軟弱コース」と名づけ、そこを選んで歩いた。そして、いつもの場所で止まってしばらく待っていた。森の奥のほうから、野良猫が歩いてくるのが見えた。あ! きたきた。え? 一匹じゃない。子どもを連れてる!

「香雪。あれ、子どもじゃない?」

こういう時には私の目はよく働く。

「え、うそ? どこどこ? あ、マジで〜!」

香雪にも見えたようだ。野良猫のお母さんは、二匹の子猫を連れてきてくれた。私たちをほんとうに信頼してくれてるんだ。私は嬉しくなって、母猫をなでた。母猫は子どもたちのほうを振り向いて「ニャ～」と鳴いた。子猫二匹は、母猫についてきたものの、近くまで来ると警戒して木の陰からこちらを見ている。母猫が鳴いたのは「この人たちは大丈夫だよ、こっちへおいで」という合図のようだった。子猫たちも安心したのか、おっかなびっくりという感じでもつれあいながらこちらへ近づいてくる。

「子どもを連れてきてくれたんだね。ありがとう」

「こいつらも、そろそろ避妊と去勢をして、飼い主を見つけないとな」

香雪はそう言って、猫たちのそばに腰を下ろした。私も猫をはさんで反対側に座って、持ってきた餌をあげた。餌を食べる母猫を不思議そうに眺めていた子猫だったが、餌を入れてきた袋の紐が気になるらしく、前脚でしきりにちょっかいを出してくる。香雪がおもしろがって紐をゆらゆらさせて、子猫たちのいたずら心を刺激し、遊びに誘っている。母猫はというと、ちらちらと横目で我が子たちを見ながらも、われ関せずという態度で、黙々と餌を食べている。

親子の猫を見ていると、私が今日香雪に話したかったことが、自然に口から出てきた。

「あーちゃんが、あのアルバムの写真に関係あることを話してくれるみたいなんだよね。ママがお盆にきた時に」

「あ～、とうとう秘密のベールがはがされる時がやってきたか～」

香雪は、真剣な話の時に、こういう冗談をはさんでくる。それが香雪の優しさなんだと、だんだんわかってきた。

「ホントはさ、それよりママに会うことのほうが気にかかってるんだ～」

あ、そうなんだ。自分で言って気づいた。あーちゃんの話もそりゃあ気になるが、ママに会うって思うと正直、気が重い。

「ママとどうなの？」

香雪が訊いた。

「ママは、優しいんだけどね、上手く言えないんだけど、ちゃんとこっちを見てくれたことがないっていうか……」

「ここにいるのに、いない者扱いって感じ？」

「あ、そうか。そういうことか……。だから私、いつもママが私に気づいてくれるように頑張ってたのかも。……小学校の時ね、あんまり学校がつらくて、一回だけママに行きたくないいって言ったことがあるの。その時ママは、私の目を見て、こう言った。『元気に学校へ行く杏ちゃんが好きよ』って。私、ママに好きでいてほしかったから、学校行ってた」

「逆に、学校へ行かない杏は好きじゃないってことだな」

「今の私だね……。でも限界だったんだよ。ママから泣いて学校行くように頼まれた時、私ママにひどいこと言っちゃって、それからまともに口きいてないの」

「だけど、杏は杏だろ。親の期待に応えるために生きてるんじゃないぞ」

「香雪は強いね。明法さんともお互い認め合って、自立してて」

「血みどろの闘いだったんだぞ、生きるか死ぬかの」

「うそ……」

「まあ、自分との闘いだよ」

香雪は目じりにしわを寄せて、えくぼを作って笑った。

「ほら、俺ってさ、今は完璧だけど昔は大変だったって話しただろ」

は～？　今は完璧？　少しイラっときた。

「俺、小学校のころ、自分では思うようにやってて楽しかったんだけど、何かあるたびに、クラスのみんなや先生から責められるわけ。正直どうしてか、よくわからなかったよ。だからいよいよ頑なになって、好き勝手やってた。なにを言われても、なにをされてもなんとか耐えれたよ。でも、一番こたえたのは、おふくろが泣いている時だったよ。俺がしているのはおふくろを泣かせるようなことなのか？ってね」

香雪はしばらく黙って、座った膝の上で組んだ手を広げて、自分の掌を見ていた。

「だから俺……、小学生の時、死にたいって思ったんだ」

香雪の言葉がぽとっと私に落ちてきた。

私も同じだった。……ずっと「死にたい」って思ってた。

香雪が言った。

「俺、本気で親に『死にたい』って言ったんだよ。そしたらその時、親父が話してくれたんだ。子どもは親を満足させたり、喜ばせたりするために生きてるんじゃないって。子どもには自分の人生を生きる大事な仕事があって、親はそれを邪魔しちゃいけないんだって。おふくろはね、『普通』じゃない俺をみて、ずっと悩んでたって。だけど言ってくれたんだ。俺が自分の思い通りにならないと悲しむだけで、俺のことを理解しようとはしていなかったって。親父もおふくろも、自分たちのことばかり考えていて、俺の苦しみにまったく気づこうとしなかった悪い親だったって……」

言いながら、香雪は泣いていた。私も聞きながら、涙を流していた。

いつの間にか猫たちは、私たちの周りからいなくなっていた。

香雪はゴシゴシと涙を拭い、鼻を軽くすすりあげた。そして私のほうを見ると、照れたように笑って言った。

「あ〜、ヤバい。こんな話するつもりじゃなかったんだ。杏の話聴くつもりが、つい自分ワールドに入っちまった。ごめん」

「そんなことないよ。話してくれて嬉しいよ。香雪にも苦しい時があったんだね。今のお父さんやお母さんとのいい関係も、簡単につくってこれたわけじゃなかったんだね」

香雪は立ち上がり、両手を上にあげ、「ウ〜ン」と言って伸びをした。

「杏、やってみろよ。気持ちいいぞ」

私は少し足を開き、腕を思いっきり空に向かって伸ばした。ああ、気持ちいい。若干猫背になった私の背骨が、忘れていた定位置を探しながら、そこへと戻っていく。そんな私の姿を見て香雪が言った。

「杏、次はお前の番だね。怖がらず向き合ってみろよ」

「うん、そうだね。そうしてみる」

私は素直に答えた。

私たちが元来た道を下っていると、前のほうから登ってくる人影が見える。一瞬、フリージアの花が揺れたように見えた。

「先生……フリージア先生？」

「え？　まさか、おふくろ？」

私たちは立ち止まり、その人影が近づいてくるのを眺めていた。黒いつば広の帽子をかぶり、淡い黄色のシャツにブルーのジーンズをはいている。

「お〜い、おふくろ〜！　今日帰ってくるんだったの〜？」

「急に帰れることになったのよ〜。二人が山に行ったって聞いてきた〜！」

近づいて見ると、やっぱりフリージア先生だった。

「こんにちは、杏さん！　香雪から聞いた時はびっくりした〜！　まさか、おばあちゃんが屋久島の人だったなんてね！」

「私もほんとにびっくりしました。まさか鈴木先生が、香雪のお母さんだったなんて、今でも信じられないくらいです」

「すごいご縁だよね！　ところで、もう海には潜ったのかな？」

そうだった。この世で一番静かな所は海の中だって教えてくれたのは、フリージア先生だった。

「はい、潜りました！　なんていうか……なにも考えずに、ただここにいるって感じ、初めて体験しました」

「わぁ、杏さんすごいね！」

私たちが二人で話しているのを見て、香雪があきれたように言う。

「あの～、一応俺もめちゃくちゃ久しぶりなんですけど」

フリージア先生は香雪の言うことには反応せず、私に話しかけている。

「あ、そうそう。これを言いにきたのに忘れてた。杏さん、今晩、うちにご飯食べにこない？」

香雪は完全に無視されて、やれやれという感じでフーッとため息をついた。フリージア先生はそんなことにはお構いなしで、なおも楽しそうに話を続ける。

「杏さんとこんなご縁があったなんて、本当にびっくりよ！　私とっても嬉しいわ！　おまけに香雪とも出会ってたなんてね～。夫から二人が仲良くなってるって聞いて、私も、『確かにあの二人は気が合うはず』って思ったの！」

話を聞いていた香雪は、急にそわそわしはじめ、「俺、先行くよ」と走って行ってしまった。

「香雪ったら、どうしちゃったのかしらね？　それにしても杏さん、どう！　この森のエネルギー！　すごくない⁉」

フリージア先生は無邪気にそう言い、クルッと一回転してみせた。そして「あら、きれい！」と言うと、道端に咲いているピンクのハイビスカスを一輪手折り、私の耳の上にさしてきた。

「わぁ、ステキ！　可愛い〜！」と喜ぶフリージア先生に、私はなにも反応できず、されるがままになっていた。

はじめてプライベートで会うフリージア先生に、私は正直面食らっていたと言っていい。

東京の学校で会った人とはまるで別人のようだった。カウンセラーとしての先生はおおらかで優しく、誠実な印象だった。でも今ここにいる先生は、無邪気で天然、人の思惑など全く意に介さないほど自由だ。先生の言動を見ていると次第に可笑しくなってきて、クスクス笑ってしまった。

先生も、「私、なんか変？」と言って笑っている。その時、フリージアの花がすっと消えて、先生の顔がそのまま浮かび上がってきた。ああ……香雪に似ている。思わず、言葉が口をついて出た。

「先生、香雪にそっくり！」

「え？　や〜だ！　杏さん、それ逆よ、逆。あの子が私に似てるのよ」

私たちは大声で笑った。以前にもこんな会話を、香雪の家でしたことを思い出した。

「香雪は、お母さん似なんですね。鬼えくぼはお父さん似みたいですけど」

「フフ、そうね。ちょっと変わってるところも私に似てるのかも」

今日の先生の様子から、私はその言葉を否定する気持ちにはなれなかった。

先生の名前は、朗らかの朗に子どもの子で、「朗子《あきこ》」というのだそうだ。なんか納得。朗子先生は、香雪が高校に進学した時に、単身東京へ出て心理学を学びながら、カウンセラーを始めたのだそうだ。明法さんは屋久島に残る道を選択し、それぞれに別の場所でやりたいことをやろうと話し合って決めたのだと教えてくれた。仲が良いのに、やりたいことや好きなことのために別々の道を選ぶ。そんな夫婦の形もあるんだなぁと、新鮮に感じた。私は、香雪との出会いや、あーちゃんとの暮らしのことをあれこれ話し、朗子先生はどの話も興味深げに聴いてくれた。そして、夕方訪ねる約束をして別れた。

朗子《あきこ》先生

朗子先生はなにも持ってこなくていいと言ってくれたけど、そういうわけにもいかない。あーちゃんと話し合って、朗子先生のために屋久島のスウィーツ「かからん団子」を作ることにした。この団子は私も大好物なので手を叩いて喜んだ。あーちゃんがいつも常備している、よもぎの葉を茹でて冷凍したものに、黒砂糖と少しの塩、上餅粉を入れてよく練る。それを、山帰来《さんきらい》の葉で包んで蒸す。山帰来のことを、屋久島では「かからん」と呼ぶのだ。団子は、艶のある濃緑色で、ねっとりとした舌触りと、爽やかなよもぎの風味が相まって、他の甘いものでは味わえない満足感がある。蒸したてをいただき、私はまた屋久島の美食に酔いしれた。

「明法さんの奥さんが喜んでくれるとええね」

かからん団子の美味しさに心奪われて恍惚となっている私に、あーちゃんが声をかける。

「これを嫌いな人はいないよ、あーちゃん。特にあーちゃんのかからん団子は柔らかくて風味豊かで最高だもん」

食べ物というのは、私の中ではただ空腹を満たすためのものではない。偏食の激しかった私は、食べられるもの自体が少なかったので、どんなにお腹が減っていても何でも食べるというわけにはいかなかった。だからなのか、美味しいと感じた食べ物の一つ一つに感動の物語があるのだ。かからん団子もその一つ。あーちゃんと一緒に山帰来の葉を山に採りにいき、浜辺で遊びながらよもぎを摘んだ。楽しい時間の集大成が、蒸したての団子に詰まっていた。よもぎの香りが楽しい時間を思い起こさせてくれ、黒砂糖の甘さと団子の柔らかさは、あーちゃんの優しさそのものだった。私は、かからん団子をほおばりながらそんなことを思っていた。

お寺では、香雪、明法さん、朗子先生の三人が揃って出迎えてくれた。鈴木家訪問は二回目なので緊張はしない。今度はちゃんと「お邪魔致します」と言うことができた。

ここの居間の板張りは本当に気持ちがいい。節の多い板を張ってあるが、よく磨かれていて肌触りが柔らかいのだ。この触感に「よく来たね」と歓迎されているような気がする。座布団を勧められたが私は床に直接座った。

「この床、好きなんです」

それを聞いて、明法さんが嬉しそうに言う。

「それ、僕が張ったんですよ」

「え、明法さんが張ったんですか？」

「そうです。僕が一人で張りました」

するると香雪が口を挟む。

「オヤジ、早速自慢かよ」

「あ〜そうだね。杏ちゃんに自慢したいね」

「なに言ってんだ、いい歳して。自分で家を建てる人だっているってのに」

なにやら不穏なムードから始まった食事だったが、朗子先生の言葉で雰囲気が変わった。

「はいはい、自慢したい人と、自慢されたくない人がいるみたいね〜。今日は杏さんを招いてる事を忘れないで楽しみましょう」

私は慌ててかからん団子を入れた竹カゴを差し出した。

「これ、かからん団子です。あーちゃんと作ったんです」

私が言い終わらないうちに、朗子先生から「キャッ」という声が漏れた。

「どうして私の好物、わかったの？　これ、好きなのよ〜！」

「あーちゃんはかからん団子作りの名人なんです、私も大好きで、きっと朗子先生、気にいると思って」

朗子先生は早速団子を口に入れた。そして目を丸くして唸る。

「ウ〜ン、さいっこう！　島に帰ってきた〜って感じするわ〜。ウン、杏さんが自慢するだけのことはある。今まで食べたかからん団子の中で一番美味しいかも！」

あーちゃんの団子を褒めてもらい、私は自分が認められたような気持ちで舞い上がってしまった。

食卓に所狭しと並んでいる料理は、香雪が突いてきたスジアラのカルパッチョ、そして同じスジアラの皮をパリッと焼いたポアレ、トマトとモツァレラチーズのカプレーゼ、夏野菜のバーニャカウダ、イカのスミ煮だと、朗子先生が教えてくれた。そして食卓全体から立ち上る香りの数々。かいだことのない香りが複雑に入り混じって、ぼうっとのぼせるような陶酔感を感じた。香りたちが一斉におじゃべりを始めたような賑やかさだ。私は無意識に香りの一つ一つをかぎ分けていたのだろう。どの料理から発せられている香りかわかったきたところで、頭の中がスーッと静かになった。

以前、安心できる雰囲気の中だと、私の味覚過敏は緩和されることに気づいたけど、あれは勘違いじゃなかったよね……。私はふと不安になり、最初にこの家を訪れたときの感覚を蘇らせようとして目を閉じた。

「杏、お前なにやってんの？　瞑想か？」

香雪がからかってくる。もう、人の気も知らないで……。

「ほら、食えよ、スジアラ。アカジョウ、気に入ってただろ。これもうまいぞ」

香雪にうながされ、私はおそるおそるスジアラのカルパッチョに箸を伸ばす。できるだけ赤い粒とか青いハーブとかの乗っかっていないところを選んで、一気に口に入れた。

「！　あ、美味しい……！」

思わず口をついて出た言葉だった。オリーブオイルの香りがスジアラの身をふんわり包み込んで気品のある風味さえ感じる。朗子先生には、私がこわごわ食べていることを悟られたくなかった。それで次々に料理に手を伸ばしていくうち、いつの間にか食べること、味わうことに没頭していたらしい。香雪に話しかけられていることにさえ気づいていなかった。

「おい！　杏、大丈夫か？　お前、ボーっとなっとるぞ！」

「あ……ごめん、いやすみません。どのお料理も初めて食べる味で、だけどとても美味しくて……夢中で食べてました」

本当だった。つとめて平静を装い箸を動かしているうちに、我を忘れ、味の喜悦に浸っていたのだ。

もしかしたら私の味覚過敏や嗅覚過敏は変化しつつあるのかもしれない。

「なんだか不思議です。なんでも美味しいんです」

不覚にも涙が流れてきた。幼いころから好んで食べれるものは数種類しかなかった。給食は毎日の苦行に等しかった。だから家でのメニューも自然と限られたものになり、私にとって安心・安全な場所で、新しい味に挑戦する機会はほとんどなかったのだ。誰が悪いわけでもないが、食べることを楽しめずに生きてきた自分を可哀想に感じたことと、新しい味覚の扉を開いている喜びとがごちゃ混ぜになっていたのだと思う。

「杏さんと再会できた喜びを表現したのよ。沢山食べてね。基本、今日の料理は、切るか焼くかだから。特に手の込んだものではないわ」

そうか、言われてみてわかった。食卓に並んでいる料理は朗子先生の言う通り、どれも単純な料理には違いない。つまり、食材の味をそのまま際立たせているものばかりなのだ。そういえば、あーちゃんの料理もそうだ。私は、食材の持つ個性が存分に生かされた料理が好きなんだと気づいた。

「朗子先生、ありがとうございます。私、こういう食材の味がはっきりしている料理が好きなんだと今、気づきました。でも、朗子先生の料理は、より食材の味が引き立っていて、ホントに美味しいです。これからは、食べることをもっと楽しんでいけそうな気がしてきました」

「私も、杏さんのために料理できて幸せだわ」

朗子先生はしみじみと言う。

私の食べ物の物語が新しい展開を迎えた瞬間だった。

「素晴らしい気づきだね杏ちゃん。そんな瞬間に立ち合わせてもらって僕も嬉しいよ」

明法さんは暖かい眼差しで私を見つめてくれている。

「杏、気をつけろよ。美食に凝って、この人達みたいな飲兵衛になるなよ」

香雪の言い方は、冗談にしては含みが感じられたが、私は自分の気づきが嬉しくてまったく気にならない。

「いいじゃない、ね〜明法さん」

朗子先生が無邪気に言う。

「だよな。香雪だってそのうちなるんだよ飲兵衛に。ＤＮＡには逆らえないって。ね、杏ちゃん」

「はい、全然大丈夫です。うちも代々飲兵衛の家系らしいから。あーちゃんもＤＮＡだって言ってました」

飲兵衛話が盛り上がっていると、少し尖った声音で香雪がぽつりと言った。

「俺は親父のようにはならないよ」

「ん、急にどうした、どう言う意味だ？」

「飲みすぎて次の日二日酔いでお経あげてるの誰だよ」

「ううむ、そりゃ褒められたもんじゃないが、別にお前に関係ないだろ」

今日は、最初の床板の件から不穏な空気が漂っていたが、明らかに香雪は明法さんにからんでいっている。

「親父はさ、ルーズ過ぎるよ。どんなにお互いの領域に侵入しないっていったってやっぱ気になるんだよ。朝まで居間で寝てたり、俺がバイトから帰ってきた時、何にも家の事してないだろ」

明法さんは、憮然とした表情で黙って聞いている。

朗子先生が香雪に向かって言った。

「香雪がお父さんへの不満や愚痴を言いたいのなら、ちゃんと時間をとって聴くわよ。今ここでそれを続けるとしたら、最後はケンカになるか、ケンカにまではならなくても、険悪なムードになることは間違いないと思うわよ。香雪はどうしたいの？」

「……別に、不満や愚痴を言いたいわけじゃないよ。俺だって境界線があるってわかってるし……、だけどなんか、見過ごせないんだよ」

朗子先生は、しばらくなにか考えているようだったが、ややあってこう言った。

「お父さんとの関係について話す前に、香雪は自分の気持ちの問題を片づけたほうがいいように、私には思えるんだけど、どうかな?」

「……俺の気持ちの問題……そうだな……そうなのかもしれないな」

「香雪が自分の問題として向き合ってみようと思うなら、私は母親としてではなく、カウンセラーとして関わることになるけど、そうしてほしい?」

「ああ、そうしてくれ……じゃなくて、そうしてください」

香雪は、丁寧な言葉を使って、朗子先生に頼んだ。その様子を見て私は、きっとこれまでにもこういう場面がいくどとなくあったのだろうと想像した。朗子先生は、明法さんにも尋ねた。

「香雪になにか気持ちが起きているみたいだから、香雪の問題として少し掘り下げてみてもいいかな? 明法さんにも関係してくるかもしれないから、席を外してもらってもいいんだけど……」

「ああ、俺もそうしてほしい。俺は平気だからここにいてもいいが、香雪はそれでいいのか?」

「別に、いいよ」

香雪がそう言うと、朗子先生は私の方へ目線を移した。

「杏さん、うちの家庭の問題なんだけど……ごめんね、少し時間もらってもいいかしら? せっかく来てもらったのにホント申し訳ないんだけど……」

「杏もいてくれ。なにも隠すことはないから」

朗子先生の言葉をさえぎるように香雪が言った。

「杏さん、大丈夫?」

「ああ、いいえ……私は、私は大丈夫です」

そう答えながらも、私はいたたまれないような気持ちと、これからどうなるんだろうという気持ちが交じり合ってドキドキしていた。

「ありがとう、杏さん」

朗子先生は、香雪のほうへ向き直り尋ねた。

「香雪は、お父さんのどんな姿を見過ごせないの?」

「飲んで朝まで居間で寝てたりとか、家事をちゃんとやらないとか……」

「お父さんのそういう姿を見ると、どんな気持ちになるの?」

「どんな気持ち……、そうだな、まずは……あ~あ、かな」

「あ~あ、なに?」

「あ~あ、残念……そう、残念って感じ」

朗子先生と香雪のやり取りが、ゆっくりとしたテンポで進んでいく。

「なにが香雪を、そんなに残念な気持ちにさせてると思う?」

「なにが……。そうだな……親父に期待してるんだとは思うんだけどさ……」

「お父さんになにを期待してるの?」

「そりゃね、もっとちゃんとしてほしいって……感じ」

「ちゃんとって、どういうふうに『ちゃんと』なの？」

「ちゃんと寝るとかさ、ちゃんと食べるとか、片づけるとか……、とにかく、心配させないでほしいんだよ」

「香雪は、お父さんを心配してるんだね」

朗子先生がそう言うと、香雪は下を向いてぼそっと答える。

「……まぁ……そういえばそうかな」

「本当は、お父さんになんて伝えたいの？」

「……それは、いつまでも元気でいてほしい……ってことだよ」

きまり悪そうに香雪は言った。

「お父さんに、いつまでも元気でいてほしいのに、健康に気を遣ってない気がして心配だったのね」

香雪の気持ちをくむように朗子先生が言うと、香雪は小さく答えた。

「……うん」

「今、どんな気持ち？」

「……うん、少し、落ち着いたかな」

「じゃあ、ここでお父さんにも少ししゃべってもらっていい？」

「ああ、いいよ」

朗子先生は、今度は明法さんのほうを向いて語りかけた。

「今のやり取りを聞いて、どう感じた？」

明法さんはずっと腕組みをして聞いていたが、腕をほどくと、座りなおすようにして答えた。

「そうだな……。香雪がなにかイライラしているとは思ってたが……俺を心配してくれていたんだな……」

「今、それを聞いてどんな感じ？」

「うん……そうね。……いつまでも元気でいてほしいって、そんな言葉……有難いってしかないよな」

そして明法さんは「すまなかったな、香雪」と言った。すると、即座に香雪が答えた。

「いや、俺もごめん。心配が高じて、親父に批判的になってたのも事実だから」

「香雪は、今はどんな気持ち？」

「ただ素直に心配してるよって、伝えたらよかったんだね。なのに、イライラして親父に当たって悪かったよ。まじで境界線越えてた。気づけてよかった。ありがとう、おふくろ」

「明法さんは？」

「まぁ、考えてみると俺も気ままに暮らし過ぎてたから……反省だな。俺こそ、自分への向き合いが足りなかったよ。もう少し自分を大切にしないとな。ありがとう、二人とも」

「さぁ、すっきりしたようね。普通はこうはいかないものよ。二人とも普段からよく自分に向き合ってるから解決が早いわ。そして杏さん、めんどくさいことにつきあってくれてありがとう。ホント感謝します」

その時、明法さんと香雪が私に向かって同時に頭を下げたので、どぎまぎして「あ、はい、……あ、いえ、というか……こちらこそ……」とおかしな答え方になった。しかし、自分の変な反応がなにも気にならないくらい、なにかとても美しいものにふれた感じがして、私の心は暖かく満たされていた。

それから私たちは何事もなかったかのように食事を続け、香雪と明法さんはいつにも増して親密になっていくように感じられた。

今も家のあちこちに貼ってある黄色いテープ。あのテープの本当の意味がわかったような気がする。以前、明法さんが言っていた「心の境界線」。それはお互いが自分に向き合うことにほかならない。

料理のお皿を下げて、私は朗子先生の横で一緒に洗い物をした。

「さっきの二人との対話、すごかったです。私にとっても目の前がこう、ぱあ〜ッと開けるような、爽やかな風が吹きぬけていくような、そんな心地よさを感じました」

「フフフ、ありがとう。香雪はお父さんとの境界線を引こうって頑張ってるからね。私がいると安心して言いたいことが言えるのよ」

「そうだったんですね。香雪と明法さんって、普通に仲良し親子って思ってました。二人ともすごく努力してたんですね。……なんだか、親子って複雑で難しいです」

「親っていうけど、親も一人の人間として発展途上なのよ。私は、子どもと一緒に成長していきたいって思ってるの」

朗子先生はそう言うと、居間で眠っている香雪と明法さんにそれぞれタオルケットをかけた。

「まあ、明法さんはよく飲んだわね～。香雪もほっとしたのね、きっと。二人ともホントによく頑張ってる……。この二人は私の誇りよ」

その夜は、朗子先生に家まで送ってもらった。

二回目の鈴木家訪問はカルチャーショックの連続だった。食べることを楽しめる世界につながる、私にとっては希少なドアを開くことができた。そして、親子の信頼関係は、お互いが自分に向き合ってこそ形作られていくものだと知った。

成長しようと頑張っている香雪と明法さん。その二人を尊敬し、誇りに思っている朗子先生。三人ともまぶしいくらい素敵だ。親も子どもと同じように発展途上なんだと聞いて意外だったが、なんとなく安心したのも事実だ。ママもパパも私も、一緒に成長していけるのだろうか。そんな日がくればいいな。私は朗子先生の言葉を心の中でいくども反芻していたが、いつの間にか眠りに落ちていた。

あーちゃんの告白

ママは、お盆の始まる十三日にやってきた。私を見ると、優しく笑って
「杏、元気そうだね」と言った。
私は、最近親子について考えをめぐらしていたせいか、少し緊張していた。それで、つとめて

明るく答えた。

「うん、すっごく元気だよ。ママも元気そうじゃん」

私たちは三人で、お寺のお盆参りや、じいちゃんの墓参りをして、花江さんや、何軒かのご近所さんにお土産を渡した後、やっと家に落ち着いた。花江さんのところでずいぶん引き留められたけど。

「花江おばさん、元気そうで良かったわ〜。ホントに全然変わらない！」

ママは嬉しそうに言う。あーちゃんは、台所から、そん通りだがね〜と、返事をした。

「よう帰ってこられたね〜。仕事も忙しかったやろうに」

あーちゃんがお茶をいれながら言った。

「パートだからね。そんな大した仕事してないからなんとでもなるのよ。杏は、いい出会いがあったみたいだね。お寺の息子さん？　あーちゃんから聞いたよ」

ママが珍しく、自分から私のことを尋ねた。

「うん。そうだよ。その人高校生なんだけどね、ダイビングのインストラクターの資格持ってて、ダイビングに誘ってもらったの」

「ふ〜ん、そうなんだ〜」

ママが私の話に興味をなくすのを見るのはやっぱり怖いから、それ以上話すのをやめた。

しかし、今日はずっと、私とママの関係から来るものだけではない変な緊張感が漂っていた。

あーちゃんが言う。

「私は、せっかちで、いっぺんこうだと決めたらすぐにしないと気が済まんタチだもんで、二人に聴いてほしい話を今、しようと思うがよ。二人ともええかね？」

ママは、空港からの迎えの車の中でなにか聞いていたのだろう。すぐに頷いた。私も、

「いいよ、あーちゃん」と言った。

あーちゃんは、ぽつりぽつりと、言葉を噛みしめるように話し始めた。


三十歳にもならず、夫に先立たれた幸恵は途方に暮れていた。下の海知《みち》は、まだ二歳の誕生日を迎えていなかった。四つ違いの姉の豊海《とよみ》は、春がくれば一年生にあがる年だったが、まだ字も覚えず、何を教えても身につかない子で、時々おもらしもした。幸恵は、その子たちを一人で世話し、養っていかなければならなくなったことを考えると、いっそ二人を連れて、夫のところに行こうかとも考えた。そんな気持ちを感じていたからだろうか。海知をおんぶし、豊海の手を引いて、海のほうへ歩くことが多くなった。南の島とはいえ、島の北側に位置するこの集落は、日本海型の気候で、冬はどんよりと暗い。空が低くたれ込め、北西風が吹いていて、実際の気温よりも体感温度はずっと低い。それでも堤防までやってきて、ぼんやりと海を見ていると、沖のほうから、夫の船が今にも現れてきそうで、幸恵は暗くなるまでその場を離れられずにいた。日暮れになると豊海は必ず、

「母ちゃん、帰ろ」と言って、幸恵の服の裾を引っ張るのだった。

夫を葬ってから幸恵はほとんど何も口にしていなかった。子どもたちには、家にあるものを食

べさせてはいたが、食料はすでに尽きかけていた。ある日のこと、いつものように堤防のほうへ行こうとして、漁協の前を通ると、漁協の組合長から声をかけられた。

「幸恵さん、毎日海まで行っとるが、もう旦那さんは帰ってこんがよ。あんた、そろそろ子どもたちのことを考えて、先に進まんといかんのと違うか?」

幸恵は何も言えず、ただ立っていた。組合長は、手招きして豊海を呼んだ。豊海は無邪気に走って行った。豊海はコンクリートの造りの漁協市場の一角で、組合長からなにか食べさせてもらっているようだった。

「母ちゃん、母ちゃん! みっちゃん!」

と豊海が弾んだ声で呼ぶので、幸恵はそちらのほうへのろのろと歩いて行った。木箱をテーブルの代わりにした台の上には、刺身と、白いご飯と、魚のアラで作った潮汁が乗っていた。組合長は、幸恵たちが通る頃合いを見計らって、料理を用意してくれていたのだろう。背中で、海知が「みっちゃんも~。」と言い、おんぶ紐から降りたそうにもがく。

「その子にも食べさせてあげんね」

組合長はそう言うと、海知を降ろすのを手伝ってくれた。海知は、組合長から、刺身を口に入れてもらって、満面の笑みを浮かべた。豊海は、白いご飯をほっぺたにいっぱいほおばっている。

「ほら、あんたも食べなさい」

組合長は、幸恵に箸と潮汁の入ったお椀を渡した。魚の油と浅葱が汁の表面で揺れている。夫がよく作ってくれた料理だった。幸恵は一口すすってみた。何日も食べ物を通していない食道に潮汁が浸みていく。鼻孔に潮の香りが抜けていった。その途端、喉に熱いものがこみ上げ、鼻を通って涙が流れ落ちた。

「あんた、英樹ん葬式の時も泣いとらんかったじゃろう。いろいろあったからな……。泣けばよかよ。泣きたいだけ泣けば、先へ進めるがよ」

幸恵は声を上げて泣いた。嗚咽が漏れ、茶碗は手から滑り落ちた。

「母ちゃん、母ちゃん！」

豊海が駆け寄り、幸恵の首に巻きつくように手を回した。海知もとことこ歩いてきて、膝によじ登ってきた。幸恵はいつまでも子どもたちの重みと暖かさを感じながら泣いた。

それから、幸恵は、朝早く漁協へ行き、セリの後の残った魚を譲ってもらい、その魚で、干物やすり身、さらにはその加工品であるつけあげなどを作って売り歩くようになった。すべては、組合長の計らいだった。

一年生に上がった豊海は、勉強が苦手で、それだけではなく、すべてにおいて遅れていた。言葉もたどたどしく、思ったことを相手に伝えるのも下手だった。先生からは、知的な障害があるのではないかと指摘され、幸恵はどうしたものかと考えていた。食べていくのがやっとの生活の中で、行商は一日も休むわけにはいかない。豊海の勉強を見てやる余裕はなかった。それどころか、学校が休みの日には、豊海に海知の面倒を見るように言いつけて行商に出ることもあった。三歳になろうとしている海知をリヤカーに乗せて歩くのは、幸恵にとっても負担だったのだ。豊海は、学校の勉強こそできなかったが、海知を遊ばせるのはじょうずだった。幸恵がすり身や干物を作っている間に、二人はよくガジュマルの木の下で遊んでいた。海知が泣くと、豊海は「みっちゃん、だいじょぶ、だいじょぶ」といって頭をなでるのだ。それでも泣きやまないときにはおんぶをして歩き回ってくれた。幸恵は、そんな二人の姿を見ながら、来る日も来る日も働き続けた。

その日は、島に冬の到来を告げる冷たい北西風が吹きはじめた日だった。島には秋という季節がない。いつまでも暑い日が続いていると思うと、風が変わって、急に冷え込むのだ。行商からの帰りに、家の近くまで来ると、海知の火のついたような泣き声が聞こえてきた。幸恵は慌てて、リヤカーを下ろすと、急いで家に向かった。

引き戸を開けて、土間に踏み込んだ幸恵が見たのは、体中の血が引いていくような光景だった。泣き叫ぶ海知を豊海が水を張ったたらいに入れ、その身体を上から押さえていたのだ。

「何やっとるんか！」

幸恵は、豊海を跳ね飛ばし、海知をたらいから抱えあげた。海知の身体は、冷え切っており、唇は紫色に変色していた。幸恵は、急いでそばにあった手拭いで海知の濡れた身体を拭くと、自分の服のボタンを外し、海知を裸の懐に入れた。海知の身体は氷のように冷たく、幸恵の身体からどんどん熱を奪っていく。幸恵は丹前を前後ろ反対に着こみ、丹前の上から海知の身体をごしごしとさすりながら豊海に「これは一体なんの真似なんや！　お前のせいで海知は死ぬとこやったんぞ！」と言った。

豊海は泣きがら「母ちゃんごめんなさい、ごめんなさい」と言っている。

海知の身体に血の気が戻ってくると、幸恵は海知に寝間着を着せ、布団に寝かせた。

行商で疲れ切った幸恵には、なにがなんだかわからなかった。ただ、土間でぼんやりとこっちを見ている豊海が憎らしかった。

幸恵は、なにか暖かいものを海知に飲ませようと、台所へ行き、やかんに触れた。すると、やかんは重く、まだ暖かかった。

「お前が沸かしたがか？」

豊海が頷くと、再び怒りがわいてきた。

「子守もようせんで、なにしとるが！」

豊海は幸恵の剣幕におびえ
「ごめんなさい。ごめんなさい」

と繰り返すばかりだった。豊海は、言葉でなにかを説明することは難しいのだ。幸恵は絶望的な気持ちになった。

海知は、暖かいものを飲ませられ、規則正しい寝息を立て始めた。横で、豊海が心配そうに海知の寝顔を見つめていた。しかし、この日の夜、幸恵はある決断をしたのだった。

翌日幸恵は、これまで休むことなく続けていた行商を休み、集落の民生委員をしている人を訪ねた。どう考えても豊海を育てていくのは無理だ。仕事をしないと生きてはいけない。海知はまだ三歳で手がかかる。豊海は成長が見られず、どう育てていったらいいのかもわからない。豊海にとっても、豊海のような子を見てくれる所に行ったほうがいいのではないか……。ぎりぎりの生活の中で、時折頭に浮かぶ考えだったが、今回のことで幸恵は決心が固まった。

数日後、鹿児島の児童相談所から男性と女性の職員が二人で家を訪ねてきた。女性の職員が言った。

「ほんとうに、いいんですか？　施設に入れれば、返してほしいといっても簡単に返すことはできないんですよ」

「はい。覚悟はできています」

そう幸恵は答えた。

「豊海、こん人たちが、お船に乗って、鹿児島っていう良いところに連れて行ってくれるってよ。母ちゃんも行きたいけど、海知がおるから一緒には行けんがよ。母ちゃん絶対会いに行くから、お利口にしてなさいよ」

幸恵はそう言って、豊海を二人の職員に預けた。豊海は、なにを言われているのかわからず、きょろきょろしていたが、幸恵や海知と離れて、タクシーに乗せられる時になると、

「母ちゃん、母ちゃん、みっちゃんとこいたい！」と言って暴れた。

驚いたのは海知のほうがワ～ッと泣いて、幸恵の腕を振り払い、豊海に駆け寄ったことだった。

「ねえね、だめ、行くのいや！　ねえね、ねえね、行くのだめ！」

タクシーのほうへ行こうとした海知を、男性職員が「あぶないよ」と言いながら抱き上げた。海知は男性の腕の中で男性を叩いたり、足をバタバタさせたりして暴れた。

「ねえね！　ねえね！　いやいやあ～！」

幸恵が男性から抱きとっても同じだった。しっかり抱いていないと、落して大けがをさせてしまうくらいの力で、海知は暴れて訴えていた。豊海は、目にいっぱい涙を溜めながら、タクシーの後ろの窓から海知が泣き叫ぶのを見ていた。

豊海が鹿児島へ行ってしまってから、海知は一週間くらい「ねえねは？　ねえねはどこ？　帰ってくる？」を繰り返していた。ところが、一週間が過ぎたころから、まったく言わなくなった。そして、時折ぼんやりと、遠くを見るような目をするようになった。

一カ月が経ち、児童相談所を通して豊海が入ることになった、知的障害のある人の暮らす施設から手紙が届いた。書面には、豊海がとても元気に暮していること、素直で優しい性格で、小さい子の面倒をよく見てくれていること、勉強は少しずつ進んでいて、かるたが好きになっていることなどが記してあった。幸恵は「あの時、心を鬼にしてでも手放したことが、良かったのかもしれない」と思った。最後の便せんをめくるとこう書かれていた。

「豊海さんの太ももには火傷の跡がありました。治療もされておらず、水ぶくれになっていて、かなり痛かっただろうと思います。お母様の大変さはお察しいたしますが、家庭環境を鑑み、豊海さんはこちらで養育していくのが適切かと考えます……」

そのあとにも文章が続いていたが、幸恵は頭がガンガンし始め、めまいがした。あの日のことが思い出された。

海知が泣いていて、豊海が無理やり水につけていて、それから、それから……なぜかお湯が沸かしてあった。海知を風呂に入れようとしたのか？　いや、違う。ああ、あの日私は気が動転して、豊海がなにをしようとしたのか、考えてみようともしなかった。太ももの火傷は、あの時沸かしてあったお湯で負ったものに違いない。でもなぜ海知を水に……？

ハッ！とした。自分の心臓のドクッという音が聞こえたような気がした。遊んでいる海知の所へ行き、服を脱がせた。何ということだろう。海知の背中には、ほとんど治癒している火傷の跡があったのだ。それはすでに、よく見ないとわからない位のものだった。幸恵はへたへたと畳に座り込んだ。体中の力が抜けて、もう二度と立ち上がれないくらいのショックだった。

豊海はおそらく、遅く帰ってくる母親のためにお湯を沸かし、お茶でも入れようとしていたのだろう。急に寒くなった日だった。ところが、やかんのお湯をこぼしてしまい、自分の太ももと、海知の背中を火傷させたに違いない。それで、たらいに水を入れて、妹の背中を冷やしていたのだ。

以前、幸恵は手に火傷をしたとき、しばらく流水で冷やした後、洗い桶の中に手をつけていたことがあった。豊海が、それをはずっと見ていて、「母ちゃん、なにしてる?」と訊いてきたので、「お湯がかかって火傷した時は、こうやって、水で冷やすんよ」と教えたことを思い出した。

幸恵は自分の頭を両のこぶしで叩いた。「幸恵のばか！　ろくでなし！　おに！　死んじまえ！」と言いながら、殴り続けた。殴っても殴っても足りなかった。「鬼！　畜生！」と言いながら、涙がとめどなく流れた。泣きながら、涙に抗うように、両腿も、お腹も殴れるところは手当たり次第に殴った。

海知が呆然と自分を見ているのがわかった。幸恵は頭を畳にこすりつけるようにして、くずおれた。「う～！　ううう……」嗚咽が漏れ、自分が許せなかった。情けなさと豊海への申し訳なさで、自分が泣いていることさえ腹立たしかった。海知が、幸恵の背中を、まるで抱くように寄り添ってきた。


「鬼のような母親ちゅうは私のことだがね。娘をだまして鹿児島にやった。豊海のためと思い込もうとしとったけど、結局は自分自身が楽になりたかっただけだった。後悔しても会いに行くことさえできんやった。情けないことに鹿児島までの旅費が工面できんかったんよ。施設のほうからは、里心がつくっちゅうて、手紙も書かせてもらえんじゃった。ようやく会いに行ったのは、十年も経ってからだったがよ」

あーちゃんは、言葉を絞り出すように話した。このことをひとりで背負って生きた年月が、いかに重いものだったかを表しているようだった。

「再会した時、豊海さんはどんな感じだったの？」

豊海さん、というところで、少し躊躇したが、いきなりおばさんとも言えず、私はそう訊いてみた。あーちゃんは少し微笑んで言った。

「元気にしとったがよ。年頃になって、見違えるように綺麗になっとった。施設で楽しく暮らさせてもろとるのがわかって、安心した。でも、いまさらどの面下げて母親だと言えようか。陰から元気な姿だけ拝ませてもろうて、そのまま会わずに帰ろうかと、卑怯なことも考えとったけんど、豊海は、私のことをちゃーんとみつけたとよ……」

「今も、会ってるの？」

今度はママが口を開いた。

「一カ月に一回、訪問しとる。罪滅ぼしにもならんがね。あの子ももう五十に手が届く歳になった。私もそろそろアメリカ行くかもしれん。今話しておかんといかん気がしたもんで、恥を忍んで話したっちゅうわけ」

「私、会いたい。豊海姉さんに」

「あんた、覚えとるの？」

あーちゃんが驚いて尋ねると、

「覚えてはいないわ。でも、なんだか、とても会いたいのよ。忘れていたものが見つかりそうな気がするの」

私は驚いた。ママがなにかに対してこんなに積極的に発言したのを聞いたのは、生まれて初めてだったから。

「私も、私も行きたい」

私はとっさにそう言っていた。

悲劇のヒロイン

私は、鹿児島行きのフェリーにママとあーちゃんと三人で乗っていた。二等客室はじゅうたん敷きの広い部屋が三つあり、通路で仕切られている。私たちは海の見える端っこのほうに荷物を置いて場所を確保した。枕と嘔吐用の洗面器は、部屋の棚に並べてある。私は、貸し出し式の毛布を三人分取りに行った。船の旅は何時間もかかるので、乗客は皆めいめいにくつろいで過ごす。寝たり、本を呼んだり、船の中のうどん屋にいったり、デッキに出て海を眺めたり。あーちゃんは、出航前から、私が借りてきた毛布を被って早々と横になっている。寝る気満々のようだ。ママは、毛布を膝にかけてぼんやりと波打つ海を見ていた。

「ママ、大丈夫?」

私は声をかけてみた。ママは、にっこり笑ってこう言った。

「私は大丈夫よ。少しはやる気持ちはあるけど、海の上で急いでも仕方がないわよね。それにしても、こんなドキドキ感、生まれて初めてかもしれない」

「パパとデートしてた時よりも?」

私は少し意地悪な質問をしてみた。

「そういう感じとは違うんだな。なんて言うかね、もう一人の自分に会いに行く感じに近いかな」

ママは、じいちゃんによく似た、濃いまつ毛に縁どられた大きな目をしている。その大きな目が、特別に輝いて見えた。こんなに綺麗な人だったんだ、と私は思った。ママが違う人に見えた。

私はというと、実は全然大丈夫じゃなかった。あーちゃんの隣に横になると、昨日のことが蘇ってきた。

昨日、私はまた、香雪を散歩に誘った。「秘密のベールがはがされました。ついては、少し話を聞いてほしく思います。山に散歩に行きませんか?」とラインを送ると、「今日はバイトで遅くなります。クマの散歩と兼ねて、浜方面でもよろしいでしょうか?」と帰ってきた。私たちは、最初のラインのやり取り以来ずっとこういう丁寧語で会話している。

ところが、昨日は夕方遅くまで、海沿いの道の清掃作業が行われていたので、私たちはしかたなく、クマを連れて山のほうへ散歩に行くことになったのだ。クマは山へ行くと、鹿の匂いに反応してハンドルしにくくなるため、香雪はクマを山に連れていくことを極力避けていた。

「ま、こんな日もあるでがんしょ。クマ君、できるだけおとなしくしといておくんなましよ」

香雪は変な方言でしゃべった。一体どこの言葉なんだろうと不思議になる。山道をしばらく歩いたところで、

「杏、すまんけど、ちょいとしょんべん。すぐ戻るから、クマを頼む」

と言って、私にクマのリードを渡してきた。

私は、クマのリードを持って、昨日のことをぼんやりと考えていた。あーちゃんにあんなにつ

らい過去があったなんて。以前、「こんなのは苦労のうちに入らん！」といつになく強い口調で言ったあーちゃんが思い出される。そういうことだったんだ……。自分が子どもを手放して楽になろうとしたことをずっと責めてたのかもしれないな。

その時だった。リードを持つほうの私の腕がガクンと外れそうになるくらいの勢いで引っ張られた。

「痛ッ！」

腕に痛みを感じた瞬間、私はリードを離してしまった。あっクマが走っていく！　どうしよう。

「クマ！　ダメよー！　戻っておいでー！」

私は慌ててクマのあとを追った。ゆるいカーブを曲がると、その先はよく見渡せる直線の道だ。クマが、その道の中ほどから山へと駆け上がって行くのが見えた。異変に気づいた香雪が、私を追い越し、すごい速さで追っていく。私も、香雪のあとを追った。

道をそれて山へ入ると、香雪が立っているのが見えた。クマはどこ？　ああ、いた！　香雪の足元に寝転がっているのが遠目にも見える。私は苦しい呼吸と闘いながら、山の斜面をのろのろと上り、ようやく香雪のそばへたどり着いた。香雪がクマを激しく叱っている。私は「香雪、どうしたの？　何でクマを叱ってるの……？」とやっと訊いた。

「杏、どうもこうもないよ、あれ、見て」

すぐそばに、あの親子猫がいた。母猫は異常に興奮し「フーッ！」とこちらを威嚇している。

そうか、クマは鹿じゃなくて、この親子猫を追って行ったんだ……。香雪が言った。

「杏、母猫の前脚、見える？」

私は思わず「あっ！」と声を上げた。こちらを見ながら、あとずさりしている母猫の前脚が血に染まっていたのだ
「えっ？　前脚が、なくなってる？」

まさか、まさか！　クマが食いちぎったの？

「今日、やっぱりここに来るべきじゃなかったんだ……」

香雪は苦しそうに言うと、クマに向かってさらに声を荒げた。

「なんでお前、そんなことしたんだ！　このバカが！」

クマは、香雪の剣幕におののき、視線を泳がせながら、ひたすら腹を見せている。屈服の意を表しているのだ。

私は、血に染まった母猫の前脚と、香雪に怒られているクマを交互に見て、自分のしたことの重大さがようやく実感されてきた。

「やめて！　香雪！　お願い、もう怒らないで。ほんとうにごめんなさい。悪いのはクマじゃない。リードを離した私だよ！」

私は香雪に訴えた。クマはなおも神妙に仰向けになっている。香雪はこちらに視線を向けることなく言った。

「それはそれ、これはこれだ。これは俺とクマの問題だ」

私は香雪の迫力に押されて、もうなにも言えなかった。

「杏、猫たちを見ててくれ！　俺は、母猫を病院に連れていくためにバイクを持ってくる」

香雪はそう言うと、クマとともに走っていった。クマがいなくなって安心したのか、母猫は前脚の血の付いたところを舐め始めた。

香雪はバイクに段ボール箱を載せてやってきた。母猫は病院に連れていくが、二匹の子猫も放っておくわけにはいかない。香雪の必死の思いが伝わってくる。

「香雪ごめん、私、ぼんやりしてて、ほんとうにこんなことになるなんて……」

「いいんだって。わざとしたことじゃないだろ」

香雪は、最初に母猫を段ボール箱に入れると、同じ段ボール箱に子猫二匹も入れた。

「でも、私がリードさえちゃんと握っていれば、何も起こらなかった」

「もう、やめてくれない？　杏は悪くないって言ってるだろ？」

香雪が、バイクの荷台に、ロープで箱を固定しながら、イライラしたように言った。

「それを言うなら、しょんべんしに行った俺が悪いし、そもそもクマを山に連れて行ったことが間違いだ。杏は、自分が悲劇のヒロインになりたいだけじゃないの」

香雪の言葉は、突き放すような冷たい言い方に聞こえて、私はムカっとした。

「悲劇のヒロインって、どういう意味？」

「そのまんまの意味だよ。杏は、罪悪感に浸って、可愛そうな自分でいたいだけのように俺には見える」

私は頭がぐるぐるした。こんなこと、今まで言われたことはない。罪悪感に浸る？　可愛そうな自分でいたいだけ？　私は混乱して、何も言えなくなった。言葉はいろいろと浮かんでくるが、すべては靄のように消えて、口から出る言葉としては結晶化していかない。

香雪は、もう何も言わず、私を山に残してバイクで走り去っていった。


フェリーは、夜遅く鹿児島港に着いた。豊海さんのいる施設は、明日の朝早く訪ねることになっている。私たちは、タクシーで鹿児島市内のホテルに直行した。ホテルは、ママがネットで予約してくれていたが、着いてみるとけっこういいホテルだった。それにしても、フェリーでもずっと寝ていたというのに、まだ眠い。やはり長距離の移動は疲れるもののようだ。私たちは、夕食をホテル内のレストランで軽くすませ、明日に備えて早く寝ることにした。部屋はシングルが一つとツインが一つとってあったが、なんとなく私とあーちゃんが一緒で、ママが一人部屋ということになった。

「あーちゃん、疲れたでしょ」

部屋に落ち着いて、私が声をかけると、

「大丈夫だよ。あーちゃん、いっつも安いホテルにしか泊まらんもんやから、ロビーのシャンデリアに見とれとったがよ」

いつもの明るいあーちゃんだ。

「あーちゃん……豊海さんのこと話すの、しんどくなかった？」

「そりゃあ、何十年も握りしめとったから……ね。ほんでも、話せて良かった～。あーちゃん、ほっとして心も身体も軽くなったんよ」

あーちゃんは、子どものようにお尻から、ベッドにポーンと飛び乗って笑っている。あーちゃん、可愛い。そうか～、あーちゃん、楽になったんだ。そうなんだ。ほっとして、フェリーでもグーグー寝てたのかも？　私はなんだか可笑しくなった。

「杏ちゃんは大丈夫かい？　昨日、香雪君と散歩に行って帰ってきた時に泣いちょったように見えたし、あれから元気がないがね」

今度は、あーちゃんが私に尋ねる。あーちゃんは気づいているとわかっていた。そしてやっぱりはっきりと訊いてくる。あーちゃんのそういうところが私には有難い。言葉の裏を読まなくていいし、気持ちを憶測しなくても大丈夫な関係は、私に安心をもたらしてくれている。

学校に通っているときには、人の気持ちがわからなくて不安だったから、一所懸命頭を働かせて、憶測して、でも結局わからなくて疲れ切っていた。

「あーちゃん、訊いてくれてありがとう。実はね、山で大変なことがあったんだ」

私は、あーちゃんに、昨日に起きたことと、その後の香雪との会話を語った。やっぱり涙が出てくる。時々、言葉に詰まりながら、時々、涙と鼻水を拭きながら私は話した。あーちゃんは、そうかいそうかい、とか、そりゃ大変だったねとか、言葉をはさみながら、温かいまなざしで見守ってくれている。

「罪悪感に浸ってるって言われたとき、わからなかった。今もよくわからない」

私がそう言うと、あーちゃんは、

「あーちゃんは、わかるよ」と答えた。

私はハッとしてあーちゃんのほうを見た。

「あーちゃん、豊海をだまして施設にやっただろ？　それから、ずーっと罪悪感の中におったんよ。なかなか抜け出せんじゃった」

私は、黙って次の言葉を待った。

「十年くらい、暗い人生を歩いとった。なにかあるたびに、自分を責めてね」

あーちゃんが？　信じられない。

「そんな時、東京からお寺に赴任してきた若い明法さんに会ったんだよ」

ああ、やっぱり明法さん、島の人じゃなかったんだ。あーちゃんの作った巻き卵を、「クジャク」と言った時の違和感が思い出された。

「じいちゃんの命日に参ってくれてね、そん時に初めて法話ちゅうもんを聞いたんだよ」

「それからお寺に通い始めたの？」

「そう。私よりずいぶん年下なのに、明法さんの顔を見てたら、あーちゃんもうすべてを吐き出したい気持ちになってね、泣きながら洗いざらい打ち明けたんだよ」

「そうだったんだね……。明法さんは知ってるんだ」

お寺でアルバムを見た時のことが蘇る。明法さんは、写真が重複してるかもしれないと言ってたっけ。あの時はきっと焦ってたんだろうなぁと想像した。

「明法さんは私にこう言ってくれたがよ。『幸恵さんは素晴らしい人ですね。ご自分のことをちゃんと悪人と知っていらっしゃる。仏様は、そういう人にこそ大悲の手を差しのべていらっしゃるのです』ってね」

あーちゃんは目にうっすらと涙をためていた。私ももらい泣きしそうになったので、わざと明るく言った。

「あーちゃん、自分のこと、正真正銘の悪人って威張ってたもんね！」

「そうだよ。正真正銘の悪人だがよ！」

あーちゃんは声をあげて、しんみりした気分を吹き飛ばすように笑った。そして笑い終えてからこう続けた。

「そして、明法さんは、こうも言ったんだよ。『これからの生き方が、これまでを決めるんですよ』って」

「これからが？……これまでを決める？」

反対じゃないかと思った。これまでの頑張りが未来を決めていくんじゃないの？　少なくとも私は、ずっとそう教えられてきた気がする。いぶかしく感じている私の反応を見て、あーちゃんは言った。

「これから、あーちゃんがどういう生き方をしていくかで、過去が生かされもするし、残念なものにもなるっちゅうことだと思う。つまり、これからがすべてってわけ」

そうなんだ。豊海さんを手放したからと言って、あーちゃんがずっと罪悪感に浸ったままだったら、今のあーちゃんはいないんだ。私は深く頷いた。

「あーちゃんは、ずっと罪悪感の中にいたんじゃなかったんだね」

「あーちゃん、先に進むのがずっと怖かったがよ。豊海に会いに行くのも、明るく生きるのも。自分を責めてそこにいるほうが、ずっと楽やったんよ。な～んも見なくていいからね。ほんでも、一度、仏様の光に照らされたら、もう穴に隠れているわけにはいかんじゃったがよ」

そう語るあーちゃんの顔は、晴れ晴れとしている。

「あーちゃんが、今のあーちゃんになってくれて、ほんとうに良かった。あーちゃんは私を助けてくれてるよ、ずっと」

私は、あーちゃんの肩に自分の頭を預けた。あーちゃんは、照れるがよといって笑っていたが、私の肩をしっかりと抱いてくれた。

その日の夜、早く休むつもりが、結局私たちは十二時を回ってからベッドに入った。ベッドに横になってからも私はしばらく寝付けなかった。罪悪感に浸っている状態っていうのは、楽なことでもあるんだ。罪悪感に浸るのが楽だなんて思ってもみなかったけど。あーちゃんは、それ以外見なくていいから楽だって言ってたっけ……。あっ！　そういうことか。私は、母猫に対する自分の罪悪感だけを見ていたかったんだ！　自分の気持ちだけが大事で、あの時私は結局、香雪に甘えていたってことなんだ。クマのこともあったし、香雪は、私に比べて何倍も苦しんでいたはずなのに。誰が悪いとか、謝ればいいとか、そういうことじゃなかったんだ。そんなことにやっと気づいて、私は初めて自分が恥ずかしくなった。布団を被って、ぎゅっと目をつぶった。

心の視野が狭くて、自分のことしか見えない私。悲劇のヒロインって言われてもしかたなかったんだ。でも、なんだか不思議だ。悲劇のヒロインって香雪から言われた時は、すごく頭にきた。だけど今は、悲劇のヒロインだったことを受け入れられている……。あーちゃんはこれからがこれまでを決めるって言ってた。そうか！　悲劇のヒロインだったたって私が気づいたってことは、私がすでに「これから」を生き始めているってことだ。私は嬉しくなって、明日からは新しい自分でいてみようと思った。

豊海さん

次の日、私たちは、朝早くホテルを出発した。豊海さんのいる施設までは、鹿児島市内から電車で一時間くらいかかるそうだ。ママは少し目が赤いようだけど、眠れなかったのかな？　フェリーでそうしていたように、黙って電車の外の景色を眺めている。私もママから外に目を移した。電車は、海岸に沿って走っており、対岸に小さく噴煙を上げている桜島が見える。とてもよく晴れているのに、少しだけ霞がかかっているように感じるのは灰が降っているせいだろうか。四十年以上前に、この景色を見ながら、一人で見知らぬ土地に向かった豊海さんはどんな気持ちだったのだろう。桜島は次第に小さくなり、海はどこまでも続いていた。

その施設は駅からタクシーで数分の所にあった。私は、昭和の古くて暗い建物を想像していたが、全然違っていた。門のところに「つつじ園」と書かれた看板がかかっている。中に入ると、庭には百日紅のピンクの花が咲いていた。私たちは連れだって建物の中に入る。淡いグレーと白を基調とした内装になっており、落ち着いた雰囲気だ。

「あら、幸恵さん！　ようこそ、おいでくださいました」

声をかけられ振り向くと、庭のほうから笑いながら近づいてくる人がいる。長袖のシャツにモンぺ風のズボンを履いて庭仕事でもしていたようないでたちだ。麦わら帽子を取ると、汗で額に髪の毛が張り付いていた。

「房子先生、ご無沙汰ばかりで、申し訳ありません。今日は、娘と孫と一緒にきました」

あーちゃんが深々と頭を下げたその人は、大屋敷房子《おおやしきふさこ》さんといって、ここの施設長さんと紹介された。あーちゃんとはもう、三十年来の知り合いらしい。歳はあーちゃんぐらいか、それよりちょっと若いかな。ふっくらとした身体つきで、髪は白髪のほうが少し多い。私は相変わらず顔が覚えられず、暖かい砂のイメージがわいた。

房子先生は、改めてママと私を交互に見てこう言った。

「待ってましたよ、この日を」

なんだか、以前から予定されていたような言い方だ。ママが言った。

「はじめまして。豊海の妹の海知と言います。姉に初めて会いに来ました」

ママの言葉には豊海さんに会いたいというはっきりとした意志が感じられる。ここ数日のママの言動には驚かされてばかりだ。房子先生は、砂がさらさらと音を立てるような声で、

「ええ、ええ、知っていますよ。初めて会った気がしませんねぇ。こちらへおいでください」と

言った。

鹿児島訛りのイントネーションは、屋久島のそれとは違い、おっとりとしている。私たちは、房子先生について行った。

「豊海さんは、養護学校を卒業したあと、この施設でずっと働いてくれてるんですよ。私たちにとってなくてならない人です」

房子先生は、庭を抜けていきながら、振り返ってそう言った。

「春になったら、このあたりは全部つつじが咲くんですよ」

だから、つつじ園なんだ。見てみたいなあ。そう思いながら、丸く剪定《せんてい》された葉っぱだけのつつじを眺める。

「ほら、あそこにいますよ。あれが豊海さんです」

三人で、房子先生の指さした先を見た。

「ガジュマルの木？」

私とママが同時にそう言った。

「あれはね、ガジュマルじゃなくてね、よく似てるけど、アコウの木ですよ。豊海さん、あの木が好きで、いつもあそこにいました」

房子先生は昔を思い出すような口調で言う。

ママが一歩前に出た。ママは二十メートルくらい離れている木のほうへ、ゆっくり近づいていった。あーちゃんが、後ろから私の腕を掴む。一人で行かせなさいというように。私とあーちゃんは、ママのあとを少し離れてついて行った。

アコウの木の下には、三人の子どもたちと一緒に一人の女の人が座っている。ママが近づくと、その人は、顔を少しこちらへ向けた。あれ？　どこかで見た顔。私は、その人の顔を認識した。あーちゃんに似てるんだ！　ママの足は、少しためらうように揺れながら近づく。その人は、膝に乗せていたアコウの実をぼろぼろと落としながら立ち上がった。子どもたちが、口々になにか言っている。ままごとのご飯をこぼされて文句を言っているのかもしれない。

「みっちゃん？」

ママの頭がゆっくりと頷くのが見える。その人は、ママのほうへ不思議なくらい迷いなく歩いてきた。そして、ママの前で立ち止まり、

「みっちゃん！」

嬉しそうにそう言うと、右手を伸ばしてママの頭をそっとなでたのだ。そして、とても無邪気にママを抱いた。まるで、さあ、一緒に遊ぼうとでも言うように。ママも、その人の背中に手を回すのが見える。私とあーちゃんは、二人のそばに近づいて行った。ママは、ママは子どもみたいに泣いている。顔をくしゃくしゃにして、声をあげて。

「あっ、あっ、ううう……ねえね～！　うわ～ん！　ねえね～」

その光景を見て、私もあーちゃんも泣いた。その人、豊海さんは、自分よりも背の高いママを左手で抱いて、右手でずっと頭をなでている。そして、

「みっちゃん、だいじょぶ、だいじょぶ」

と、小さい子をあやすように、何度も何度も繰り返していた。

鹿児島市内の繁華街にある店で、黒豚のしゃぶしゃぶ鍋を囲み、私たちは三人で話をしていた。あーちゃんとママは、黒ぢょかという土瓶で芋焼酎を頼んで、少しずつお猪口で飲んでいる。

「母さん、連れて行ってくれてほんとうに良かった。感謝してる」

ママは頬がほんのりピンクに染まり、ほろ酔いのようだ。

「感謝なんて言われたら、わたしゃ穴に入るしかないよ。ほんでも、あんたやっぱり豊海を覚えてたんだね」

あーちゃんが、焼酎をママのお猪口に継ぎ足した。

「正確に言うと覚えてはいなかったわ。ねえねに、頭をなでられた時に、身体から記憶が蘇ったの。あ～、遠い昔、こんな風に私の頭を優しくなでてくれた人がいたって」

「そうじゃったんかい」

下を向いてそう呟いたあーちゃんは、ハンカチで涙をぬぐっている。いつもよりしわが増えて見えた。

「母さん、自分を責めないでほしいの。私、今なんていうか、とても満たされた気持ちなの。私ね、なぜだかずっと自分を長女って思えなかったのよ。今日わかった。私、ねえねの妹だったたっていう記憶が身体の奥に残ってたんだと思う」

ママと豊海さんが再会を果たしたあと、私たちは、房子先生も交えて、施設の中にある豊海さんの部屋でおしゃべりをして過ごした。豊海さんの部屋には、かわいらしいものがたくさん置いてあった。ムーミンのグッズや、動物のぬいぐるみ、ジブリ映画に出てくるキャラクターのフィギュアなど。それらに混じって、刺し子のタペストリーや、お針箱、花瓶敷もあった。おそらくあーちゃんの手作りだろう。私のモラも、そのうちここに加えてもらえるかな。

豊海さんは、とても明るくて面白い人だった。あーちゃんに顔も性格も似ていて、私は奇跡的に顔を覚えられたのだ。

「私、初対面の人の顔を覚えたの、豊海さんが初めてです」

「私も人の顔覚えるの苦手。ここに来る人たちのこと、黒めがねとか、古ダンス臭とか、あだ名付けてわかるようにしてたけど、眼鏡かけてなかったり、新しい洋服着てたらもうわかんない」

豊海さんはニコニコして、屈託なく言った。

「それであんた、よく海知のことがわかったね〜。覚えてたんかい？」

「母ちゃんとみっちゃんは特別。整形してもわかる」

皆、大笑いしたが、私は笑わなかった。ピンときた。そうか！　私と豊海さん、似てるんだ。豊海さんはあーちゃんとママを顔じゃなく、感覚で記憶してたんだ。太陽の暖かい光に照らされて、氷が溶けていくような感覚が私を包む。誰とも違っていた私によく似ている人がいた。私の伯母さん。

「みっちゃんと木の下で遊びたいなあ。昔みたいに。みっちゃん、覚えてる？」

　豊海さんは、無邪気にママに訊いた。

「まだ三歳だったからね〜。あんまり覚えてないなあ。でも、一緒に遊んだガジュマルの木、まだあるよ。ねえね、いつか一緒に屋久島行こう」

　ママの言葉に、豊海さんの目が輝いた。あーちゃんを見ると、目に涙が浮かんでいる。

　豊海さんは、この園で、子どもたちの面倒を見る仕事の補助をしているのだそうだ。しばらくおしゃべりしたあと、房子先生に促され、名残惜しそうにまた仕事に戻っていった。若い頃、豊海さんの面倒を見、あーちゃんに、最初の手紙を書いてくれたのは房子先生だった。

「みっちゃん、みっちゃんってずっと言っててね、いっつもあのアコウの木の下にいた。いつの間にか、あそこが豊海さんの居場所になったんですよ」

　私たちは最後に、アコウの木の下で子どもたちと遊ぶ豊海さんを遠くから眺めて、つつじ園を後にした。


　あーちゃんはともかく、ママがこんなに酒豪だとはまったく知らなかった。二人とも、同じくらいのペースで飲んでいて、もう黒じょかを何回持ってきてもらったか覚えていない。さすが鹿児島の、しかも島の女は違う。私も半分はその血を受け継いでいるけど。

「それにしても母さん、人が悪いがね〜。私に黙ってねえねに三十年も会いに行ってたなんて。上手く騙されてたわ。時々母さんが私を花江さんに預けて鹿児島に行くのは、頭痛の治療のためだって信じてたのに～」

頬を紅潮させて、けっこうな大声で話している。ママって、屋久島弁しゃべるんだ。このごろのママは、私の知らない人のようだ。

「悪かったね～。海知にはほんとうに悪かことをしたと思っとる。あんたは、豊海がおらんようになってしばらくたったころ、ぼんやり遠くを眺めるようになった。あんたが今も、心ここにあらず、だとしたら、私のせいだよ」

あーちゃん、完全に酔ってる！　ママにそんなこと言うなんて。私は慌てた。

「あーちゃん、だいぶ酔ってるね。もうそろそろホテルに帰ろうか？」

ママが同意してくれたのでほっとした。あーちゃんは足がふらついている。私はあーちゃんの腕を支えて外に出た。ママがお会計をしていたのを横目で見ると、二万円を越えていて、ぎょっとなる。

「ママ、すごい金額だね」

「フフフ、いいじゃない、たまには。女三代のおしゃべり、ホント楽しかった！」

やっぱり違う。ママじゃない。お酒を飲んでるからかもしれないけど。でも、こんなママも悪くないって思う。

あーちゃんは、私とママに左右を支えられて歩きながら眠っているようだ。きっと私が、ママは私に興味がないとかなんとか言ったから、あーちゃんは気にしていたんだろう。

「杏ちゃんが、幸せでないと、あーちゃん安心してアメリカ行けんがよ～！」

「母さん、アメリカはまだ早いがよ～！」

寝ているると思ったあーちゃんが復活し、酔っぱらい女二人が盛大に叫び出した。繁華街を歩いている人たちが、面白そうに見てくる。私たちは、好奇の目にさらされて、絡み合いながら歩き続けた。鹿児島での一日は、私にとってまさにママとの新たな邂逅であった。

ママからの手紙

酔っぱらい二人がちゃんと寝たのを見届けてから、私はママのシングルルームへひとりで移った。香雪からラインが来ていたのに気づいて、慌てて時間を確認する。もう二時間も前に送ってきていた。

「こんばんは。鹿児島に上っているとのこと。話ちゃんと聞けなくて申し訳ない。母猫は治療してもらって元気です。実はあの時から引っかかってたことがあって、山へ行ってみたら、案の定、鹿ワナが仕掛けられていた。母猫はワナにかかった前脚を自分で食いちぎったんだ。クマには、おわびに鹿肉を食べさせました。気をつけて帰ってきてください」と記されている。私は、胸のつかえが一気に取れて、深い呼吸をした。思わず、「よかった～」とひとりごちる。香雪が「帰ってきてください」と書いてくれたのも、無性に嬉しい。もう夜中だったが、私は返事を書いた。

「こんばんは。母猫は鹿ワナにかかっていたのですね。助かって良かった。クマにはお礼を言いたいくらいですね。鹿児島では、たくさんの大切なことに気づくことができました。香雪に話したいことがありすぎて、なにから話せばいいか迷います。明日、帰ります。おやすみなさい」

何度も書いたり消したりを繰り返したが、結局簡単な文章になった。私は、二度読み返して送信し、十分に満たされた気持ちで眠りにつくことができた。


次の朝、ママは鹿児島から東京へと戻っていった。夕方、屋久島に帰った私を、香雪が訪ねてきた。

「ごめんくっださ〜い」

聞き慣れた抑揚のある声。玄関の障子を開けると、逆光を浴びて香雪が立っていた。

「どうしたの？」

私はできるだけ平静を装って訊いたが、内心ドキドキしていた。香雪がこんな風に家を訪ねてきたのは、初対面の時以来だ。あの時から一カ月も経っていないのに、私たちの関係はずいぶん変わったように思う。

「うん。今暇なら少し話せるかと思ってきてみた」

香雪は、穏やかに言った。

「そっか。ありがとう。でも、今日はお風呂を焚く当番だから、遠くには行けない。そこのガジュマル公園でいい？」

香雪は頷き、私たちは少し歩いて、公園のベンチに腰掛けた。

「ガキのころ、この辺でよくケイドロしてたんだよな」

香雪は懐かしそうに言う。

「ああ、そうだったね。私もやった記憶があるよ」

「すごく耳のいい子がいてさ、小さな足音を聴き分けて、敵があっちにいるとか、こっちに来てるとか教えてくれるんだよ」

「へ～、すごいね」

「東京から時々来る女の子でさ、俺、その子と一緒によく隠れてたよ」

私は香雪を見た。香雪はいたずらっぽく微笑んで私を見ている。

「それって……私のこと？」

脳裏に、大きいお兄ちゃんが私を連れて逃げてくれた記憶が蘇る。

「そう。杏だったよ。俺も最初わからなかったけど、お前と話しているうちに確信が持てた」

「私たち……会ってたんだね」

「そうだな。ずいぶん助けられたよ」

私は、アハハと笑った。不思議な高揚感が身を包む。

「小さいころにそんなに活躍してたなんてびっくり。でもなんか嬉しい。私も、香雪のこと、頼もしいお兄ちゃんだなあって感じてたよ」

気持ちを素直に言葉にできることがさらに嬉しい。しばらく沈黙が続いた後に香雪が言った。

「杏、ひどいこと言ってごめんな。悪かったたって思ってる。俺こそ、罪悪感の沼にはまってたよ。それが苦しくてお前やクマに八つ当たりした……」

香雪は、自分の太腿に肘をつき、下を向いて話している。

「香雪……私も悲劇のヒロインって言われてムッとしたけど、まったく言われる通りだったよ。罪悪感って、感じるのはいいけど、浸っちゃうと、なにも見えなくなるんだってわかった」

言ってみて、胸のつかえがス～ッととれたような気がする。香雪が顔を上げて私を見た。

「俺たち、まだまだ伸びしろたっぷりあるな」

「そうだね！　私は伸びしろだけかも？」

私たちは大きな声で笑った。香雪が両手を上げて掌を私に向ける。私も手を上げてハイタッチをした。

私は、急にガジュマルの木に登ってみたくなった。今なら登れる気がする。

「香雪、私ね、もう一回この木に登ってみる！　ずっと私のヒーリングスペースだったのに、今年は上まで登れなかったの」

私は、ガジュマルの木に足をかけて登っていった。身体がとても軽くなっているのを感じる。ダイビングで鍛えられたこともあるが、それだけではない。エネルギーがみなぎっている気がする。

「杏、いいぞ～！　まるでキジムナーだ～！」

下で香雪が茶化してくるが、私は意に介さず最後の一歩をかける。ぐっと足に力をこめ、ヒーリングスペースにたどり着いた。

「杏、やったな！」

香雪が大きな声で叫んでいる。やった！　登れた！

「やった～！　香雪、登ったよ～！」

私は、香雪のほうに向き直って手を振った。でも、なんだか……変。念願のヒーリングスペース登頂を果たしたというのに、この違和感は何だろう……。私は体操座りをしたまま、しばらく違和感の正体を感じようとしてみた。香雪も黙って木の下に座っている。見上げると、緑の樹冠が私を包んでいる。見える景色も昔のまま。何も変わっていない。でも、ヒーリングスペースは小さくなっている。いや、そうじゃない。私が大きくなっているのだ。ほんの三年前まで私の身体をすっぽりと包んでくれていた空間は今、身を縮めないといられない場所になってしまっている。私のヒーリングスペースは、もう私の癒しの空間ではなくなっていた。そのことに気づいて、私はゆっくりと木を降りる。

「もうあそこは私の癒しの空間じゃなかった」

私は呟くように言った。

「そうか。そうだな。変わっていくのは悪いことじゃないよ。少し寂しいけどな」

私は今降りてきたガジュマルの木を見上げた。香雪の言う通りかもしれない。私たちは、伸びしろだらけの存在なんだ。わかったらもう先へ進め、と促されているように感じた。

お風呂を焚く時間になったので、私たちは、一緒にあーちゃんちのほうへ歩いて行きながら、三匹の猫をどうしようかと話し合っていた。すると、あーちゃんがちょうど家から出てきて、香雪に話しかけた。

「香雪君、杏が大変お世話になってます」

あーちゃんは、深々と頭を下げた。香雪は、面白いほど慌てふためいて、「いや……、あの、その……」としどろもどろだ。

「猫のこと、杏から聞いたけんど、もしよかったら、私に三匹とも飼わせてもらえんがかね」

私は、びっくりした。あーちゃんに香雪が三匹の猫を預かっている話をしたことはしたが……。あーちゃんは、「母猫と子猫ば引き離すようなことは、もうたくさんやけんね」と言った。

私たちは、猫の受け渡しと、素潜りをする約束をして別れた。


お盆が過ぎて、夏休みも終わりに近づいている。私は中学三年生であることを意識しないわけにはいかなかった。

それからしばらくたったある日のこと、東京のママから手紙が届いた。宛名は、福富幸恵様、葉山杏様と連名になっている。私とあーちゃんは一緒に封を切った。

母さんと杏へ
こんにちは。
東京は毎日うだるような暑さが続いていますが、屋久島のほうはいかがでしょうか。島は暑いけれど、木陰にいると風が吹いて過ごしやすかった気がします。

先日は大変お世話になりました。鹿児島への三人旅もとても楽しく、一生の思い出になりました。母さん、ほんとうにありがとうございました。

今回、二人に手紙を書こうと思ったのは、こちらへ帰ってきてからの自分自身の変化に驚き、これまでの母親としての在り方を見つめなおすきっかけになったからです。

つつじ園を訪ね、豊海姉さんに会った時、忘れていた自分の分身を見つけたような気がしました。鹿児島でも話したと思いますが、姉さんに頭をなでてもらった時、熱いものが湧きあがり「この感触知ってる」という感覚に包まれたのです。そのあとは、見ての通り、まるで三歳の頃に戻ったような自分になっていました。ほんとうに私はずっと長女という自覚が持てませんでした。自分でも気づかない心の奥のほうに、誰かの妹だった自分がいて、その自分はずっと心細く不安だったように思います。私は長い間、姉を探し続けていたのだと気づきました。

今私は、身も心も満たされているという表現がぴったりだと思います。かすかすだった私の身体の細胞が、豊かな水で満たされ、心にはさまざまな感情が戻ってきたように感じるのです。

そして不思議なことに、街の景色も、夫の顔もくっっきりはっきり見えるようになりました。今までは、靄がかかったように見えていたのだろうと思います。はっきり見えるせいか夫婦げんかが増えましたが……。

杏、今までほんとうにつらい思いをさせてきたと思います。ママは、自分の気持ちを上手く感じることができず、ずっとぼんやりした人生を送ってきました。だから、杏の気持ちに気づくこともできなかったのだろうと思います。以前、杏から、「ママのために頑張ってきた」と言われたことがありましたね。その時、ショックだったけど、そのほんとうの意味がよくわかっていませんでした。だから、杏にどう接したらよいかまったくわからず、この一年は腫れ物に触るように扱ってきたと思います。

今も、正直わからないことだらけです。でも、私が自分に向き合わない人生を送ってきていたことが、杏を苦しめていたことだけはわかりました。今すぐにでも謝って許してほしい気持ちでいっぱいですが、謝ってすむことではありません。だからごめんねは言いません。杏には、ママのためではなく、自分のための人生を生きていってほしいと思います。そのために、ママも変わっていこうと決心しました。

ママは、仕事も子育てもどこか人任せで、無責任な生き方だったと気づきました。これからは、人任せではなく、自分で決めて生きていこうと思っています。そして、杏が必要とするときには相談にのれるくらいの母親にはなりたいです。頼りないママだけど、これからもよろしくね。

そして母さん、父さんが亡くなった後、私を必死で育ててくれたことも、改めて聞くことができて良かったです。ほんとうに感謝してもしきれません。

母さんは、私が自分にも杏にも向き合えないのは、姉さんとのことが関係してると思ったのですね。だから勇気を持って自分のことを話してくれたのでしょう？　ほんとうにありがとう。私の身体は、姉さんに愛されていたことを覚えていました。その記憶を取り戻せて、私は今とても幸せです。母さんが私の母さんで、そして杏のおばあちゃんでほんとうに良かった。私も杏も母さんに助けられています。

久しぶりに杏に会いましたが、その佇まいから、杏が大きく成長したことを感じました。これからのことは、杏の意志を尊重していきたいと考えています。夏休みのあと、どうしたいかは杏に任せようと思います。母さんにはお世話をかけますが、どうぞよろしくお願いいたします。

残暑厳しい折りですので、お二人とも身体に気をつけて過ごしてください。

葉山海知

長い手紙を読み終わり、私たちはしばらく黙っていた。私は、驚きや嬉しさ、それからちょっぴりの不安も感じていた。私の意志を尊重する、どうしたいかは私に任せる……。最後に書かれていたママの言葉を心の中で反芻する。押しつけは嫌だけど、自分の決めたことには責任も伴う。そう思うと、腰から下に力が入らず、足元が頼りなくぐらつくような感じがした。寂しさと不安が押し寄せてくる。

あーちゃんは、黙って目じりに滲んだ涙を指でぬぐっている。

「あーちゃん、自分の足で立つって、最初はふらつくものだよね?」

「当然そうだがよ。ふらつくときには周りの人の手を握っていいんだよ。そのうち自然に一人で歩けるようになるから」

「頼ってもいいの?」

「いいに決まってるよ。海知は、杏の意志を尊重すると書いてるだけで、一人でなんでもやれとは言ってないがよ」

その言葉を聞いて、緊張が緩んだのか、腰から下の感覚も戻ってきた。私は立ち上がって歩いてみる。足の感覚はしっかりしていて、ふらついてはいない。良かった。少しずつ歩き出せばいいんだ。迷った時には誰かに相談してもいい。

「あーちゃん、ありがとう。それ聞いて少し安心した」

私が言うと、あーちゃんは答えた。

「ほんでも杏ちゃん、杏ちゃんがどうしたいかは、杏ちゃんにしかわからんよ」

最後のダイビング

夏休みも残すところ一週間。そのあとどうしたいか、私は必死に考えていたが、とうとう決められないままに香雪との約束の日を迎えた。香雪は、私を素潜り（スキンダイビングともいうらしい）に誘ってくれていた。スキューバダイビングは何回も体験して、ずいぶん上手くなったと自負している。しかし、素潜りとなると話は別だ。レギュレーターも、浮力装置もないので、自分の肺と泳ぎの能力だけが頼りの世界。私は不安だったが、香雪と一緒だからやってみようと思えた。

「俺が杏を素潜りに誘ったのは、杏にほんとうに静かな世界を体験してもらいたいからだよ」

ウェットスーツ姿で歩きながら香雪が言う。

「うん。少し不安だけど、楽しみでもあるよ」

言った瞬間私は、自分が香雪を深く信頼していることに気づいた。不安のある中に楽しみを見出すということは、私の人生にいまだかつてなかったことだ。香雪を信頼したからこそ、開かれた扉だった。

私たちは、フィンとマスクを着け、腰にウェイトベルトを巻くと、海へと入っていく。香雪は水深二十メートルくらい潜ることができるらしい。でも今回は、私と一緒なので、最高でも水深八メートルくらいのところを目標にした。最初は水深四、五メートルぐらいのところまで潜ってターンし浮上するのを続けた。

休み休みやっているうちに、不思議と息が続くようになってくる。忘れずに耳抜きもしながら、私たちはより深く潜っていった。水圧でマスクが顔にぐ〜っと押さえつけられる感覚はスキューバで体験済みだ。ボンベがないせいか私は少し不安になった。それを察したように、香雪が私の手を握ってくれた。香雪が潜るのをストップして、頭を横に向け何かをしきりに指さしている。

すると、私たちの目の前を、タテジマキンチャクダイが一匹で悠々と泳いでいくのが見えた。ブルーと黄色のボーダーの皮膚を纏い、鮮やかな黄色い尾びれをゆらゆらと動かす様は、ほんとうに美しく芸術作品のようだ。それを眺めてから海面へと浮上する。水中から顔を出し、スノーケルに残った海水を「フーッ!」と勢いよく吹き出し、大きく息をする。

「大丈夫?」

香雪が訊く。

「うん、なんとか……」

私は急に手を握られたことをがはずかしく、言葉を濁した。

「わかるよ。圧迫感強くなるし。手を繋いで潜ったほうがいいな。誰かと一緒にいると思うだけで安心するし、そのほうが息も長く持つからね」

香雪は私の手を握ったまま、優しく底のほうへ導いてくれた。海の中では一人じゃないって思えることが、こんなに心強いんだって気づいた。私たちは手をつないだまま、ゆっくりと仰向けになった。香雪が、海面のほうを指さす。浮上の合図ではないようだ。香雪はマスク越しに自分の両目を、人差し指と中指で指して、そのまま海面を指さしている。海面を見ろということだ。

明るい水面が小さく揺れている。まるで地上から夜の星を眺めているようだ。いや、それ以上に幻想的で美しい。そう、宇宙から地球を見るとしたらこんな感じだろう、きっと！　香雪の手に力が入る。横を見ると、今度こそ浮上の合図だ。香雪のスピードに合わせるように、私も強くフィンを蹴った。

「どうだった？」

香雪が訊く。

「すごくきれいだった。何て言うか、宇宙から地球を見てるような感じ」

香雪は満足気に笑い、もう一回潜ったら休憩しようと言った。私は頷く。しっかりと息を吸って、私たちはまた海の中へと入っていった。さっきと同じように仰向けになって水面を眺める。

やっぱり美しい。息はできないのに時間を忘れそうになる。レギュレーターも着けていないので、音も時間もない世界に感じる。香雪の手を頼りに、そっと目をつぶると海の中に溶けていくようだった。

その時、香雪が私の手を強く握った。私はハッと我に返る。香雪はゆっくりと体勢を立て直している。さあ、浮上だ。しかし、香雪は合図をしない。どうしたんだろう？　私は上を指さして、浮上の合図か？と訊いた。香雪は、首を横に振る。そして私の手を強く握りなおすと、自分のほうへと引き寄せた。え？　なに？　どうしたの？　香雪は、人差し指を自分の口の前に立てて、「静かに」というジェスチャーをしている。そして、深みのほうを指さした。少し離れた所に大きな魚影が見える。もしかして……サメ？　身体に緊張が走る。私はパニックになりかけた。香雪はそれを感じ取ったようだ。私を引き寄せ、自分を盾にするかのように、サメから私を遠ざけた。香雪の身体に緊張が走っているのがわかる……頭がぼ～っとしてくる。私は目をつぶった。「息が苦しい……！」そう思った瞬間、私は香雪に手を引かれ、海面に運ばれていった。

ブワ～ッ！　ハアハア！　海面に顔を出すと、私は、ありえないくらい息を吸い込んで、ゴホゴホと咳をした。そして、香雪と手をつないだまま、フィンを強く蹴って岸に向かって必死に泳いだ。

岸にたどり着き、私はごろごろとした石の上に倒れこんだ。身体の震えがおさまらない。香雪が、潜る前に置いておいたバスタオルをかけてくれた。そして私の横に腰を下ろす。私も、ゆっくりと四つん這いになり、のろのろと座りなおした。

「ごめん、怖かったろ?」

と香雪が言った。私は震える声で「こわ……かっ……た……」と、やっと答える。

「俺もこわかった~。このへんのサメは人を襲わないっていってもさ」

安堵のあまり、涙が出てきた。「うっ、うっ、うう~……」我慢できず、声が出てしまう。

「ごめん、ごめんな、よっぽど、怖かったんだな」

そういうと香雪は、そっと私の肩に手を置いた。私は、香雪の胸と立てた膝の間に顔をうずめ、しばらく泣き続けていた。

気づくともう夕方になっていた。黄色い夕日が私たちの正面で光を放っている。夕日は雲を照らし、白い雲は、所々ピンクやグレー、薄紫色に染まって、まるで絵のようだった。海の表面には光の道ができ、私たちのほうへ真っ直ぐに伸びてきていた。光の道は波に揺れて、赤やオレンジ、黄色に滲んでいる。遠くの岩に留まったり、飛んだりしている鳥はウミウだろう。穏やかな波の音だけが聞こえていた。

「きれいだな」

香雪が言う。

「うん。とっても……」

私は答える。

「こんなこと言うと、笑われるかもしれないけど、俺、思うんだよなあ。世の中の生き物はすべて、この世の美しさを次の世代にも感じてほしくて子孫を残していくんじゃないかって」

遠くを見つめながら、香雪は照れるふうもなく言った。

「素敵な考え方だね」

「考え方っていうより、俺、そうとしか思えないんだよ。俺はさ、もし死んだとしても、この美しさをずっと感じていたいんだ。……もし俺に子孫ができれば、俺の魂はきっと彼らを通して、この美しさを感じることができると思うんだよね」

香雪の中に、この世界で生きていく情熱のようなものを感じる。ふいに言葉が口をついて出た。

「海の中も丘の上もほんとうに美しい。すべての生き物は生きようとしてる」

「ダイビング、嫌にならない？」

「ううん。今日は怖かったけど、不思議に嫌いにはならないな。またきっとやると思う」

私は、はっきりと答えていた。

「ああ、よかった！　杏が潜るのこれきりにしようなんて言ったら、どうしようかと思ったよ。ま、さすが俺の一番弟子ってとこかな！」

香雪がいつものふざけた調子に戻って、私たちは笑った。

海に沈みかけた夕日が、私たちをいつまでも照らしていた。

東京へ

八月の終わりに、私は東京に戻った。パパとママが羽田空港まで迎えにきてくれていた。二人ともニコニコして出迎えてくれたが、想像していたパパの細かい質問攻めはなかった。ママも特に変わった様子はない。パパの運転する車の中でも、あれこれ私に話しかけるよりも、夫婦二人で話しているほうが多かった。ほっといてくれる感じは、私にとって楽だ。

夕飯を終えた後、私は緊張しつつ改めて二人に言った。

「二学期からは……学校に行く」

パパもママも、軽く頷くだけで、あまり表情を変えずに聴いている。ちょっと拍子抜けだな、と感じながら続けた。

「でも、私、普通よりも感覚が敏感だから、今までの教室は無理だと思う」

「そうか……よし、そういうことならわかった。パパが学校に電話して、保健室とか、どっか別の部屋に登校できるよう頼んでやるよ」

意気込んで言うパパを制止するように、ママが言った。

「杏はどうしたいの？　まずは杏の気持ちを聞かせてほしいわ」

私はびっくりした。ママがこんなことを言うなんて。ママの言い方には、今まで感じたことのない毅然とした感じがある。私は、ふっと息がつけたような気がした。

「まずは……スクールカウンセラーの鈴木朗子先生と会いたいから、それを学校に頼んでほしい」

「わかった。それだけでいいか?」

パパが、さっきよりは落ち着いた感じで言う。パパとママの言葉や態度からは、私を尊重してくれる気持ちが伝わってきた。

「うん。ありがとう。お願いします」

私は、窓辺に置いた植木鉢を見た。サクラランだ。部屋があたたかいせいか、東京のマンションでも美しく咲いてくれている。私は昨日から今日の朝にかけてのことを思い出す。


東京に帰ることを決めた日、私の送別会をしたいと、あーちゃんが言い出した。香雪、明法さん、花江さんを呼んで、私がお世話になったお礼を言いたいのだそうだ。私は、少し気恥ずかしい気がしたが、あーちゃんの言う通りだと思い、承知した。

そうと決まれば、朝から部屋の掃除や、買い出し、料理作りに大わらわだ。私は、スマホでレシピを調べて、インド風揚げ餃子のような、サモサを作ることにした。

「あーちゃんはカタカナ料理はできんがよ。相変わらずのいっちょ覚えでいいかね~?」

「あ~ちゃんの料理が最高なんじゃん! いつもの作ってほしい~」

私は、サバらっきょ、サバの刺身、つけあげ、カメノテを塩で茹でたもの、イボアナゴの味噌漬けをリクエストした。野菜が足りないということになり、野菜サラダと、豚汁が加わった。

五人が一堂に会してみると、なかなか濃いメンバーだということに気づいた。そして話題にはこと欠かない。

あーちゃんの新しい家族である、猫たちの紹介から始まった。猫たちにはそれぞれ名前が付いた。母猫はかのこ。子猫はおはぎとぼたん。名付け親のあーちゃんが目を細めて、猫たちをなでている。

香雪が、ダイビング中に、サメに遭遇した話を始めた。私も、途中で加わり、話は臨場感あふれるものとなった。

「いや～、ビビりましたよ～！　マジで、しょんべんちびりそうになったからね」

すると花江さんが甲高い声で言う。

「香雪君、かっこええわ～！　慌てず騒がず、杏ちゃん抱きかかえて、生還しはったんやな～。私も、六十年若かったら、香雪君みたいなイケメンとそうなりたいわ～」

「いやいや、花江さんと潜ってもそうしますよ～」

香雪は、花江さんに対して尊敬を持って接しているのがわかる。

「いや～、やっぱりタイプやわ～」

「いや～照れるな～」

「ところで……さっちゃんは、香雪君と明法さん、どっちがタイプ？」

花江さんに急にふられて、あーちゃんは慌てている。

「花ちゃん、なに言うとるがよ。もう、そんなに酔いが回ったんかい？」

花江さんは平気で続ける。

「わかってます～。さっちゃんは明法さん寄りってことくらい」

あーちゃんは言った。

「明法さんは、私のリスペットする人」

一瞬、シーンとした雰囲気が漂う。

「リスをペットにするくらい尊敬してるってことだよね」

私はツッコミか、助け船かわからないようなことを言う。

「それを言うなら、リスペクトや！」

花江さんがツッコんだので、ようやくみんなが笑った。

香雪は、私の作ったサモサが気に入ったようで、「うっま！」と言って食べている。そして、時々、おはぎとぼたんにちょっかいを出して遊んでいる。みんな、料理に舌鼓をうち、未成年以外は島の芋焼酎を飲んで、宴は盛り上がってきた。すると、あーちゃんが座りなおした。

「皆さん、この度は、孫娘の杏が大変お世話になりました。皆さんのお陰で、杏はずいぶん大人になりました。ほんとうにありがとうございました」

そう言って頭を下げた。私は恥ずかしくて下を向いた。

「幸恵さん、お礼なんか要りませんよ。私や香雪は、杏ちゃんがきてくれて、今までにないくらいの楽しい夏休みになったんですよ。な、香雪」

明法さんがそう言って、香雪を見る。

「親父の言う通りです。ガキのころケイドロして以来のワクワク感でした」

香雪は、私にウィンクしてみせる。

「私も、モラを教える子ができて、ほんま嬉しいんよ〜。他の手芸に比べてマイナーやから、だ〜れもモラには興味示さんかってん。杏ちゃんを私の後継ぎにしたいわ〜」

花江さんも嬉しいことを言ってくれる。あーちゃんは、酔いも手伝ってか何度もありがとう、ありがとうを繰り返している。

「私は、この子がほんとうに可愛くて、可愛くて、この子の幸せを心から願って来ました。ほんでも、この夏、気づかせてもらいました。自分に向き合わんで、人を幸せにするちゅうことはできないんやね……」

あーちゃんは、豊海さんやママのことを言っているのだとピンときた。

「私は、もう四十年以上前に、長女を手放しました。そんことが、次女の生き方を歪め、さらには孫にまで影響していたと気づきました」

あーちゃんは、この人たちをほんとうに信頼して話しているんだと、感じた。

「豊海さんのことですね」

明法さんが、深く低い声で言う。

「そうです。もうずいぶん前に、明法さんには、私の打ち明け話を聴いてもらいました。この前、初めて海知を豊海のところに連れて行きました。豊海も海知も、お互い、身体が覚え合っとったようです」

花江さんが涙声で言った。

「そう。みっちゃんを、とうとう連れて行ったん。さっちゃんが鹿児島に上るときにはいっつもウチで、みっちゃんを預かったもんやったね〜」

「花ちゃんにも、世話になったね〜。嘘までついてもろうて、ほんに迷惑かけたね〜」

「なんの迷惑かいな〜！　そんな水臭いこと、言わんといてや。子どものいない私にとっては、月に一度の楽しい親子ごっこやったんやからね〜」

花江さんは、鼻をグスグスさせている。

「身体が覚えてましたか。良いことばですね。きっと海知さんも、これから変わっていかれるんじゃないでしょうかね。……でも、幸恵さんは、ほんとうに勇気ある素晴らしい人です。僕も幸恵さんのことは、ちゃんとリスペクトしていますよ」

「ここでリスペットときますか、明法さん……！」と私は涙をぬぐいながら思ったが、明法さんも、目に涙を滲ませていた。

あーちゃんは、「もう、明法さんにはかなわんなー」といいながら、前掛けで目を押さえ、その後肩を震わせて泣いた。かのこが、あーちゃんのそばに寄り添っている。

それからも、宴は続いた。しばらくして香雪が私を誘い、私たちは外に出た。路地を少し歩いてガジュマル公園のベンチに座る。

「東京、帰ることにしたんだな」

香雪が言う。

「そう。なんか自然にそう決められた。素潜りのあとにね。自分でも不思議なくらい」

「そうなんだな。そのあとはどうするの？」

「うん。学校行こうと思う。そして、ちゃんと勉強して、香雪と同じ屋久島高校に行く」

すらすらと言葉が出てくる。ひとりで思っていたことだけど、言ってみて違和感はない。

「え！　屋久島高校にくるつもりなの！？」

香雪はびっくりして、身体を私のほうへ向けた。

「うん。そう決めた」

家のほうから音楽が流れてきた。きっと、あーちゃんと花江さんが踊っているのだろう。

「杏が屋久島高校かぁ……そりゃあ、いいなぁ……」

未来を見つめるように、香雪がつぶやいた。ところが次の瞬間慌てたように、

「ヤバい！　マジか……」

といいつつ、しげしげと私の顔を見た。

「なに？　私が来たら都合の悪いことでもあるの？」

「いやいや、そんなことはないよ！　俺は嬉しい。しかし俺のダチから、俺のヤバい過去をバラされるのは困るなぁ」

私は笑った。

「な～んだ、そんなこと！　今も十分ヤバいから、なに聞いても驚かないよ」

香雪は、卒業したら東京の大学に行こうと思っていること、いずれは環境や生き物の保護に関

わる仕事をしたいと考えていることを教えてくれた。私は、香雪が東京に行くつもりでいることを聞いても、決心は変わらなかった。それが自分でも嬉しかった。

私は香雪のことが好きだ。信頼もしている。だけど、香雪に対しては、今までパパやママに依存したり、期待したりしてきたみたいな関係にはなりたくない。寄りかからず、私が香雪を信頼しているように、香雪からも信頼されたい。

そこまで思った時、ハッとした。香雪は、いつの間にか私にとって、それほど大切な人になっていたのだった。

香雪がベンチの下から何かをゴソゴソと出している。

「これ、プレゼントだよ」

香雪が差し出したのは、小さな植木鉢に植えられたサクラランだった。私は、両の手で受け取ると、一輪のサクラランをじっと見た。

一カ月程前に、山の中で香雪から見せてもらったサクララン。近くで見ると、あらためて、すごく繊細で綺麗な花だと思った。美しいからこそ、山の中に隠れて咲いている、そして香雪が一番好きな花だと言ってたっけ……。そんな花を私にくれたんだ。

「山で採ってきたんだよ。山でばっかり咲いてないで、都会でも綺麗に咲いてほしいと思ったからさ！」

香雪の言葉は、どこか強がっている感じがしたが、私には優しく響いた。

「香雪、ありがとうね」

香雪の態度をよそに、私は素直な気持ちだった。そして香りをかぐように、サクラランに顔を近づけた。屋久島にきてからの出来事がひとつひとつ大切なものとして想起されていく。

「あー、サクラランにはいい香りはありません」

照れ隠しのように言いながら、香雪の態度がほぐれていくのを感じ、私も自然と笑顔になる。

「お前の笑った顔を見ると、なんでかわからないけど、この花を思い出すんだよ。その笑顔、忘れんなよ」

サクラランのような笑顔……。私、そんな笑顔ができるようになったんだ。香雪の言うその言葉を素直に受け取ろうと思った。

「私ね、花のような笑顔の人に、ずっと憧れてたの。屋久島に来るときに乗ってきた飛行機のCAさんも花のイメージだったし、朗子先生は、笑うとフリージアの花が揺れている印象だったの」

「あ～、そういえばそうだったね。で、俺の笑顔は何の花？」

「へっ？」

「俺って、ひまわりの花が満開って感じじゃない？」

私は思わずクスっと笑った。香雪に初めて会った時、ブリザードのイメージで感じていたことを懐かしく思い出す。

「そうかもね」

ふと見上げると、月が出ている。いつか見た、ニコッと笑った口のような月。あれは確か、初めて香雪のうちに招かれた日の夜だったな。

「この一カ月、いろんなことがあったな」

香雪が口を開く。香雪も今、同じことを感じていたのかもしれない。

「あの時……香雪の家に初めて行った日の帰り道で、月が綺麗だぞって教えてくれたよね。あのときは、月がニコッと笑って、大丈夫だよって言ってくれてる気がしたの。今夜の月は、ほら大丈夫だったでしょって言ってくれてるみたい」

「そうか……。月は、地球をひとめぐりしてきたんだな。俺たちが見ようと見まいと、きっといつだって見守ってくれてるんだよな」

私は、人知れず地球をめぐる月のことを考えた。月は少しずつその角度や、光の強さを変えながら、私たちを照らし、自分の姿に気づかせようとしてくれているのかもしれない。

香雪と幼いころ遊んでいた記憶も、明法さんとあーちゃんのつながりも、フリージア先生との出会いも、そして、香雪とこの夏に再会したことも、すべては私の成長のために用意されていたことだったのだ。そう思ったとき、何かとても力強い大いなる腕に抱かれているような気がして、心の底から勇気が湧いてくるのを感じた。

「香雪、私、今なんでもやれそうな気がする！」

自分でも驚くほど、はっきりとした言葉を口にしていた。

「オウ、その意気よ！　お前ならできるよ。なんたって、俺の一番弟子なんだからな」

「ありがとう、香雪」

私はそう言うと、あらためて手元のサクラランに目を移した。

サクラランは、月の光に呼応するように白く輝いていた。


次の朝は、あーちゃんとの最後の朝のルーティンを済ませ、お寺に参った。明法さんは、かなり顔が赤く、遠くからでもまだ、アルコールが残っているのがわかる。夕べは三人でかなり盛り上がってたから、無理もないか……。

最後の法話は、「光に砕かれる」という、私が最初に聞いた法話と同じテーマだ。明法さんは、シチュエーションも、内容も変えてはいたけれど、あーちゃんと豊海さんの話をしているのだと、私たちだけにはわかるように話していた。

「今朝、御紹介させていただいたその方は、光に照らされて、自分が砕かれ、新しい自分を生きていかれました」

明法さんがそう言った時、鹿児島のホテルであーちゃんが言った言葉が思い出された。

「一度、仏様の光に照らされたら、もう穴に隠れているわけにはいかんじゃったとよ」

明法さんの言葉が、今初めて理解できた。私も、屋久島に来て香雪や、いろんな光に砕かれ、新しい世界と自分に出会ったのだ。

私は、島に来たころの自分と、今の自分を比べて、その変化をはっきりと感じ取っていた。私もあーちゃんのように、自分だけの思いの中に生きるのではなく、もっと広く豊かな世界とともに生きることのできる人間に成長していきたい。

明法さんが、優しい微笑みを浮かべて私を見つめている。明法さん、わかりました、ありがとうございます、と心の中で呟き、私は頭を下げた。

じいちゃんの仏前に参ったり、お隣りの花江さんに挨拶したりしていたら、家を出る時間ギリギリになってしまった。屋久島空港までは、あーちゃんの軽トラで送ってもらう。車窓から見える海を眺めた。あーちゃんと花江さんと三人でイソモン採りをした海岸、香雪と何度も潜った海、今日もよく晴れていて、海はどこまでも青い。夏休みの始まりに島に来た時には、まさかこんな今があるとは思ってもいなかった。私が感慨にふけっていると、あーちゃんが話しかけてくる。

「海は、来た時とは違うふうに見えるかい？」

「そうだね。全然違うね。もうお客さんじゃない。島人《しまじん》だよ」

あーちゃんの横顔は、嬉しそうだ。

「杏ちゃんがこっちの高校に来ることを決めたって聞いた時には、あーちゃん、アメリカ行きが延びたって思ったたねぇ」

「まだ、合格するかどうかわからないから、人に言わないでね」

あーちゃんが浮かれているのを感じて、ちょっと不安になる。

「もうみんな知っとるよ」

「え～！　マジ？」

こうなったら絶対合格するしかないじゃん！

「大丈夫。杏ちゃんにとって必要なことなら、必ずや道は開かれる、ってね」

あーちゃんは預言者のようなことを言ってケタケタと楽しそうに笑っている。

私は海を眺めながら一句詠んでみた。

「必要な　道なら開くと　祖母が言う　姿現せ　大潮の道」

あーちゃんは「お～、やるでないかい」と言って、次の句を詠んだ。

「海われて　カメノテ　ジンガサ　イボアナゴ　一瞬《ひとまたたき》きで　イソモン仕様」

イソモン採りの時に、集中しすぎて何にも聞こえなかったことを思い出した。

「勉強もイソモン採りみたいに楽しかったらいいのに」

「勉強っちゅうんは、知らないことを知って、どんどん賢くなっていくわけやから、ホントは楽しいもんやと思うけどな～。あーちゃん、仏さまの勉強が楽しいがよ」

「私も、いつかあーちゃんみたいに好きな勉強ができるといいな。そのためにもまずは受験を乗り越えなきゃね」

「ムードを切り替えて頑張るといいがよ」

「ムード？　どんなムードがいいの？」

「どんなって、勉強ムードとか、遊びムードとか言うじゃろ」

「あーちゃん、それモードね」

「な～んね。どっちも似たようなもんじゃろ」

「ま、そうかもね」

私たちは目と目を見合わせて笑った。あーちゃんとのおしゃべりはいつも私の心を軽くしてくれる。「あーちゃん、ありがとう」私は心の中で呟いた。

「杏ちゃん、ほらここが屋久島高校よ」

あーちゃんは道沿いの大きな建物を指して言った。私は慌てて運転するあーちゃん越しに右側を見る。制服を着た学生や、部活のユニフォームを着た学生たちが校門を出入りしているのが見える。ここに香雪も通ってるんだなあと思った。香雪が制服を着ている姿は想像できない。私は可笑しくなってクスッと笑った。

空港に着いて、搭乗手続きを済ませると、あーちゃんとはしばらくお別れだ。

「あーちゃん、ほんとうにお世話になりました。また、半年後に、今度は本格的にお世話になります！」

私は頭を下げる。そしてあーちゃんの耳にそっとささやいた。

「だから、おしっこもらしたりしないで待っててね」

あーちゃんは、私の二の腕をバチーンと叩いて、笑いながら言う。

「なに言うが！　あーちゃんまだまだ、杏ちゃんに心配されなくても大丈夫やが〜！」

二の腕は痛かったが、でも良かった。屋久島に来た時、あーちゃんは少し年とったように感じたけれど、今は活力に溢れている。あーちゃんはまた先に進んだのだ。

私たちは笑顔で見つめあい、来た時と同じようにあーちゃんからハグしてもらって別れた。あの時は、あーちゃんの匂いに包まれて、少し泣きそうになったけれど、今は涙ともお別れだ。私は先に進むのだから。

飛行機に乗って、スマホの電源を切ろうとして気づいた。香雪からのラインだ。

「学校に来ているので、空港には行けませんでした。高校の近くの海岸で見送っています。贈る言葉は、サクラランに込めました」

返信している暇はなく、私は電源を切って、窓の日除けを開けた。飛行機は滑走路をゆっくりと走り出し、轟音を立てながら離陸する。私は、窓に額をこすりつけるようにして島の海岸沿いを見る。高校、高校、高校……。あーちゃんが教えてくれたのは、空港のちょっと手前だったから……あっ、あの森に囲まれた建物かな。その近くの海岸ってことはあのへんだ。あ、見つけた！　香雪だ！　大きな岩の上に立って手を振っている。私は、飛行機の中から必死で手を振り返す。隣の席の人からなんと思われようとかまわない。心の中で、香雪～！　私はここにいるよ～！　と叫びながら。

鹿児島空港に着いて、私は真っ先にスマホの電源を入れた。もう一度、ラインの文章を読み返してみる。送る言葉はサクラランに込めたと書いてある。私は、手荷物で持ってきたサクラランのどこかにメッセージが隠してあるのだろうかと思い、葉っぱの裏をめくってみたり、指で少し土を掘ってみたりもしてみた。しかしなにも見つからない。スマホに「サクララン」と打ってみる。すると「サクラランの花言葉」と検索候補が出てきた。そこを開いてみると、サクラランの花言葉は、「人生の門出、出発」と記されていた。花は枯れそうになっても、挿し木すればまた新しい芽を出すことから、この花言葉になったと説明も加えられていた。胸のあたりがじんわりと暖かくなる。

香雪、ありがとう。香雪に会えてほんとうに良かった。私は、ラインに返事を書く。

「香雪、見送りありがとう。海岸で手を振ってくれていたの、わかりました。私も振り返したけど見えなかったよね？　白いシャツと紺のパンツの制服が意外と似合っていたよ（笑）。まるで高校生のようで？　新鮮でした（笑）。サクラランのメッセージ、受け取りました。枯れかかっていた私を復活させてくれたのは、屋久島と香雪です。最後に潜った時の、海に溶けていくような感覚、まるで宇宙から地球を見ているような世界、二人で眺めた夕日は、これから同じような体験を何度したとしても、きっとずっと特別で、一生忘れないと思います。ほんとうにありがとう。島でも、都会でも、私らしく笑顔でいられるよう頑張ります。香雪も頑張ってね。明法さんによろしくお伝えください。また会おうね」

私はラインを送信し、羽田行きの飛行機に乗り込んだ。

夢のメッセージ

二学期が始まって三日目に、私はスクールカウンセラーの朗子先生と会うことになった。

一年ぶりの学校は、やはり緊張する。面談室のドアをノックすると、どうぞ～という柔らかい声がした。ドアを開けて入るとそこには朗子先生が座っていた。

「杏さん、お久しぶり！　なんだか変な感じね」

朗子先生は微笑んだ。

「こちらこそお久しぶりです。屋久島ではお世話になりました」

「なんにもしてないわ。私も、もっと島にいたかったけど、仕事があってすぐこっちに帰ってきちゃったから。あのあとも色んな事があったらしいわね」

私は、あーちゃんの告白や、豊海さんとの出会い、それを通して母との関係に変化があったこと、山で見つけた親子の猫をあーちゃんが飼うようになった経緯までを一気にしゃべった。話はあちこちに派生し、何度も元に戻しながらのたどたどしさだったから、朗子先生は聴くのが大変だっただろうと思う。それでも朗子先生はほとんど口をはさまず、うんうんと頷きながら聴いてくれていた。そして気づけば一人で一時間以上しゃべっていた。

「私、屋久島へ行ってあーちゃんの人生に触れたり、香雪に出会ったことで勇気が湧いてきて、先へ進める気がしたんです」

私はそう締めくくった。

「杏さん、本当に変わったわ。最初に会ったのは不登校になる少し前、中二の一学期だったと思うけど、その時とはまるで別人のようよ。屋久島で会った時とも違う。なんて言うか、姿勢も良くなって芯がはっきりしてきたように感じる」

自分では気づかなかったが、いつの間にか猫背が改善していたようだ。心の変化は身体にも現れるんだなぁと、自分ごとながら感心してしまった。

「それもこれも香雪や明法さん、朗子先生のおかげです。あ、でも最後のダイビングではサメに遭遇して、とっても怖かったんですよ！」

「えっ、サメに?」

「そうなんです。でも香雪がじっとしているようにって合図してくれて、私たち息を限界まで止めて、それから海面に浮上したんです。だけどホントに死ぬかと思いました」

「ほんっとに危ないことするのね！」

朗子先生は強い口調で言った。

「ああ、ごめんなさい。杏さんに言ったんじゃないのよ。香雪に腹が立ったの。サメのいるようなポイントには行かないようにって、いつも言い聞かせていたから……ましてや、杏さんを危険な目に遭わせたのかと思うと余計に腹が立ったのよ」

朗子先生は慌てたように説明していたが、私は、香雪のお母さんがそこにいる、と感じた。

「なんか今、香雪のお母さんでしたね」

私がそう言うと、朗子先生は笑いながら「あらやだ」と言った。

「カウンセラーの朗子先生も素敵だけど、香雪のお母さんも好きです」

こんなに素直に率直にものが言えている自分に驚く。

「わぁ、嬉しいこと言ってくれるのね。カウンセラーのときはモードを切り替えてるのよ。ついい、おふくろモードになっちゃったわね」

「そうなんですね。屋久島で会った先生は、無邪気でちょっと香雪に似てるって感じでした」

「だからそれは、逆だって、逆。……って、前にも言ったわね。そうなのよ～、無邪気っていえば聞こえはいいけど、どうやら私って空気の読めない人らしいわ。どう？　カウンセラーのときは出てなかった？」

「はい。全然感じませんでした。優しくて誠実そうな方だなって」

「まあ、それも私だから。どっちも私よ」

朗子先生のこの自信たっぷりの言い方、確実に香雪に遺伝してる……だけど、私は嫌いじゃない。だって、この朗子先生譲りの香雪の明るさに、私はいくども助けられたんだもの。


私は、朗子先生と相談して、二学期から、あすなろ学級という、特別支援学級に通うことにした。一年前に、朗子先生と見に行った学級だ。あの時に、少しだけ会話した男の子は、やっぱりお札を作っていた。コーナーは増え、あすなろ銀行は大きくなっている。私も早速、口座を開設してもらった。ここでモラを売れる。そのお金で、学習のサポート券を買って、遅れてしまった勉強を学級のメンバーに手伝ってもらおう。中学校卒業まであと半年しかないが、私はここで頑張ることを決めた。

朗子先生とは、もう会っていない。次に会う時には、屋久島で一緒に海に潜ろうと約束している。

あと、ほかにも変化はあった。ママが、介護士の資格を取るための学校へ通い始めた。なんでも、資格を取って、つつじ園で働くつもりらしい。豊海さんの近くにいたいのだそうだ。そして、屋久島にも一緒に行くのだろう。ママの選択だから、私は応援しようと決めた。パパは、それを聞いて少し慌てていたけれど、数日経ってこう言った。

「海知の行くところには、僕も行くよ。鹿児島でも、屋久島でも、僕は仕事を見つけて一緒について行く」

こういうことがあって、パパはママのことが大好きなんだとわかった。ママは、涙を浮かべて、パパにありがとうと言っている。私は、そんな二人を見て、ほっこりと幸せな気持ちになった。


「ほかに何か、私に尋ねてみたいことはない？」

あのカウンセリングの最後に、朗子先生からそう訊かれて、私はなぜか、ずいぶん前に見た夢を思い出した。人魚になった夢だ。

「夢の意味ってわかりますか？」

「そうね〜、夢の意味は、結局、本人にしかわからないのよ」

朗子先生はそう言って、どんな夢だったかを尋ねた。

「私が人魚になってる夢なんです。ダイビングにはまり始めてたころだったから、そんな夢を見たんじゃないかと思うんですけど……。人間に戻りたいって思って、一人でとても不安で海に浮かんでて……。そうしたら、遠くに昔の帆船のような大きな船が見えて、私は泳いで近づいて行くんです。船の上には、何人か人がいて……。私は、あの中に王子様がいるのかな？って思っ

て、少し離れたところから甲板を見上げているんです。そしたら、誰かがこちらに手を振ってい
て……。その人は甲板を移動して、船に取り付けられた縄ばしごを降りてくるんです。それで、
私がその人のほうに泳いでいったら、その人は、縄ばしごの一番下まで降りてきて、私に手を差し出したんです。私は、この人王子様かな？って思うんだけど、そのあと、私が人の顔が覚えられないことを思い出して……。助けてもらいたいけど、どうしようって思いながら、その人の手を握ったんです。そこで目が覚めました。すみません。こんな話しちゃって、変ですよね」

朗子先生は、黙って真剣に聴いてくれていた。

「何も変じゃないわ。夢はとても大切なメッセージを私たちにくれてるの。メッセージをちゃんと受け取れたら、人生を開く鍵をもらったようなものなのよ」

私は驚いた。中学生の夢をこんなに丁寧に受け止めてくれて、夢が人生を開く鍵になるなんてことを言ってもらえるとは思ってもいなかったから。

「夢の中に出てくるものは、全部自分なのよ」

朗子先生が最後に言った言葉が耳の奥に残った。

窓辺に置いたサクラランを見つめながら、私は香雪とラインをしている。もう九月だから、花はあと少しで落ちるかもしれない。

「サクラランまだ綺麗に咲いてるよ」

「お～、そりゃ良かった！」

「私、特別支援学級で勉強してる」

「いいなあ！　俺も、特別に支援してもらいてーよ！」

私たちのラインの会話は、ずいぶんフランクになった。

「朗子先生が香雪のお母さんだったなんて、いまさらながらだけど、ホントおどろき！」

「まじで。つながりありすぎて怖いよ」

「香雪って、フリージア（香雪蘭）から取ったんだよね」

「そうだけど、俺はひまわりが良かったな」

「なに、それ？」

「向日葵だから……まあ、葵ってとこだな」

「自分の名前、考えてどうすんの！」

こんな調子だ。そのうちに、ラインが面倒くさくなって、どちらからか電話に切り替えるのが常だ。

「あのね、朗子先生に夢の話したら、夢に出てくるのは全部自分だって言われたよ」

「そうらしいね。俺もそう言われたことあるよ」

私は、少し恥ずかしかったけど、思い切って香雪に夢の話をしてみた。

「ふ〜ん、面白い夢だな。人魚と王子様か」

「……実はさ、私……香雪が王子様かと思ってたんだよね」

「は〜？　何で俺が〜？」

「だってほら、香雪はいつも私を助けてくれたじゃん。人魚を助ける王子様みたいに」

「フフン、まあ俺はカッコいいし、王子様ってのもありありなんだけどな」

はあ、また始まった、と思って聞いていると
「はあ～、つくづくお前って……バカだよな～」

唐突に香雪が言ってきた
「え？　なに、それ？」

「だから、お前はなにもわかってないっつーの。王子はお前自身なんだよ」

「私が王子？」

「そうだよ。杏、お前は、いつも自分で自分を助けてたんだよ。気づいてないのか？」

「え？　どういうこと？」

「わかってないんだな～。最初のダイビングで不安だった時も、母猫のことで罪悪感に陥った時も……それに、最後の潜りでサメに遭遇した時なんか、そりゃ、いろいろ指示はしたけど、お前の分まで息止めた覚えないからな！　いつだってお前は、自分の力で乗り越えてきただろ？」

「……そうなの……？　私、自分で乗り越えたの？」

「はあ……マジかよ。お前って、すごいポテンシャル持ってんだぞ！」

私はしばらく口がきけなかった。私が自分で自分を助けた？　自分の力で乗り越えた？　すごいポテンシャル？　自分ではそう思えないのに、なぜだろう、勝手に涙が溢れてくる。

「杏、自信持てよ。お前はすごいやつだよ。俺はお前をリスペットしてるよ」

リスペットという言葉を聞いて、泣きながら笑いがこぼれてしまう。

「香雪が……私を？」

私は、震える声で問い返した。

「そうだよ。お前は勇敢で、誠実で、慈悲深い。俺はそんなお前が好きだ」

もう、私の涙腺は完全に崩壊した。あとからあとから熱い涙が溢れ、止まらない。

「私も、香雪のこと……大好きだよ！」

そのあとはしばらくの間、二人ともなにも言わずにただ黙って、電話の向こうにいる、お互いの息づかいだけを感じていた。

窓辺のサクラランが、私たちを見守っている。秋になって花は落ちても、春にはきっと芽を出してくれるだろう。

私も、春には高校生だ。私はこれからも、いろいろなことに不安を抱え、つまずき、悩むことだろう。でもきっと、私は私を助けながら進んでいくに違いない。

香雪との会話に、乾いた頬をほころばせながら、私はそう信じていた。

あとがき

素潜り好きの長男は、海に潜ると二度と浮上せずに海に溶けていきたい衝動にかられると言い、いくどか私を心配させました。丘の上よりも海の中の方が長男の感覚にはあっていたのでしょう。人の感じている感覚は千差万別です。そして人はみな、自分の身体の感覚しか実感できません。極端にいうと、人の身体に入ってみないと人の感じている感覚はわからないと思うのです。ある人の身体に入れば「世の中はこんなに静かだったのか」と思うかもしれないし、別の人の身体に入れば「すべてが歪んで見えて不安でしかたない」と感じるかもしれません。

私は、カウンセラーとして学校で会う子どもたちの中に、感覚が敏感だったり偏っていたりすることから生じる生きづらさを感じている人が少なくないことに気づきました。思春期は誰にとっても苦悩の多い時代だろうと思いますが、とりわけ生きづらさを有する人たちにとっては、一生の中で最も苦しい時代の一つのように感じます。また、子どもたちの中には家族間の問題をかかえ、無意識のうちに選択肢を放棄し、自分の人生を生きることをあきらめてしまっているように見える人もいます。

杏もそんな中学生のひとりです。学校へ行けなくなっても、自分になにが起きているのかわからず、わからないままに自分が悪いと思い込んでしまっています。親にぶつけて自分を確かめたくても、親も子どもを受け止めることができません。なぜならそこには、親自身の人生の問題、もっと言えばその上の世代から継承されてきた未解決な課題があるからなのです。東京にいたころの杏は迷路の中にいてどこにも出口が見つからないような苦しく混沌とした時代を生きていました。杏が祖母との交流や、香雪との出会いを通して、自分の人生を生き始めたように、すべての子どもたちが、自分の中に眠る素晴らしい種に気づき、それを大切に育てて自分だけの花を咲かせて生きていってほしいと願わずにはいられません。
「世の中の生き物はすべて、この世の美しさを次の世代にも感じて欲しくて子孫を残していくんじゃないのかなぁ」

物語の中で香雪が語るこの言葉は、長男がつぶやいた言葉です。なんとなく耳に残ったこの言葉は、私の意識の底に沈み込み、数年を経て物語の中で浮上しました。人間も含めて生き物はみな、身体の中心で「生きること」を肯定している。私は、その普遍的な真実が底流に流れるような物語が書きたかったのだと思います。

この物語が、様々な生きづらさや苦悩を抱えて今を生きている若い人たちへのエールとなればこれほど嬉しいことはありません。

最後になりましたが、ラグーナ出版社様には、推敲、校正はもちろんのこと、貴重な助言をいただきました。心より感謝申し上げます。

二〇二三年　六月　佐藤佳志子

活字で利用できない方のための
テキストデータ請求券
『サクラランツ』
ラグーナ出版

■著者略歴

佐藤　佳志子（さとう　かしこ）

1966年長崎県佐世保市生まれ。中学3年から熊本の阿蘇で育つ。熊本大学教育学部心理学科卒業。産業カウンセラー。公認心理師。熊本県の公立小学校教員を経て、1997年に家族とともに鹿児島県の屋久島へ移住。1999年より自坊（お寺）にて子ども文庫を主宰。2002年にカウンセリングの世界に足を踏み入れ、その後ゲシュタルト療法を中心にセラピーを学ぶ。現在は、種子島・屋久島の精神科病院、市や町の相談室に勤務するほか、熊本県・市のスクールカウンセラーとしても従事しており、月に一度の移動を続けている。夫の著作である絵本『あおぞらの木』の挿絵を担当。

サクララン

2023年7月7日　第1刷発行

著　者　佐藤佳志子

発行者　川畑善博

発行所　株式会社 ラグーナ出版
〒892-0847 鹿児島市西千石町3-26-3F
電話 099-219-9750　FAX 099-219-9701
URL　https://lagunapublishing.co.jp
e-mail　info@lagunapublishing.co.jp

印刷・製本　有限会社 創文社印刷

定価はカバーに表示しています
落丁・乱丁はお取り替えします

ISBN978-4-910372-30-3 C0093